『濹東綺譚』を歩く

画・文　唐仁原教久

白水社

『濹東綺譚』を歩く

カバー・表紙・扉・本文画＝唐仁原教久
装幀・デザイン＝藤井紗和／白村玲子

序

隅田川の流れは、大地に絞り出された一滴、一滴の滴から始まっている。最初は一粒の滴が少しずつ集まり、源流となり、小川となり、さらに大きな河になる。そして海に流れ込む。橋の上から目にする隅田川は悠々と流れている。川の流れはとどまることはない。人の一生と似ている。一人、一人が滴のように新しい生命を受け、時世の流れへと流れ出ていく。

永井荷風は川の流れに沿ってよく散策した。川の流れは荷風をどこか安堵の地へ導いてくれる清きものだったかもしれない。嫌悪も、嫉妬も、苦悩も、胸の奥に蓄積されたものを洗い流してくれる川面は、荷風にとって大切な浄化装置だった。その姿勢は晩年まで変わることはなかった。隅田川にかかる白鬚橋、言問橋、吾妻橋を渡りながら、初老五十七歳の荷風が思い浮かべたのが小説『濹東綺譚』である。川を渡り東の地へ幾度となく歩き回り、舞台としたのが玉の井であった。

玉の井は昭和二十年三月の東京大空襲によってほとんどが焼失する。滝田ゆうの『寺島町奇譚』にはこの日のことが描かれている。遊里は一夜にして、地獄絵図の世界に変わった。あたり一面の家が燃え、多くの人が亡くなり、ゆう少年の焦点の定まらない目は言葉にならないほどひどく悲しげである。戦後、法の下で玉の井は赤線として復活するが、昭和三十三年の売春防止法によって幕を下ろすことになる。地名も住人も変わり、新しい街になる。

『濹東綺譚』の発表以来今年で八十年、現在でもドブも、蚊の大群も、薄暗い路地も、「ぬけられます」の標示も、玉の井が有していた光景が、幻の遊里として蘇ってくる。

東向島へ行く前に、デパートのたばこ売り場でゴールデン・バットを買った。喫煙注意の文言のために、あの懐かしいデザインは平たくつぶれて台無しだ。二百九十円でしかもフィルター付きに変わっていた。

『濹東綺譚』はゴールデン・バットの世界。お雪も、大江匡も、窓の女も、遊客も、安価なゴールデン・バットを喫っている。以前のゴールデン・バットは、舌にざらっとしたたばこの葉クズが残ったものだ。『失踪』の種田順平は一世一代の決断を試みたものの、明日からのことが不安でしかたがなく、女給すみ子に五十過ぎの身を預けるしか今のところ方法はない。種田は吾妻橋の中ほどで、すみ子を待っている。

灯がポツンポツンと消えていく闇の中、うらぶれた背中でゴールデン・バットを吸い、暗黒の隅田川の川面を見ながら、種田のようにこれまでの日々を振り返ってみる。隅田川を下る舟、

上る舟が意外に多いのには驚く。大小の舟が引っ張っていく白い航跡は夜の川に線を引く。待ち人の予定がないのは、橋の上ではちょっと寂しい。

玉の井の表通りから路地へお雪の家あたり、現在はもうドブもない。たしかこのあたり、建坪八、九坪の極小二階建て家屋、髷を結ったお雪が二階の窓から路地を見おろしている。路地の板橋を渡ると、迷い猫が人を見ている。その人とは永井荷風。お雪のところのお馴染みさんらしい。東向島へは何度も行ったが、いつも路地の表情が違って見える。幻の街角、幻の路地、幻の人々……『濹東綺譚』の世界。

道は昔のまま、川の流れも昔のまま、歩みを進めるたびに、新しい街になっていく。歩みを進めるたびに、背の高いビル街になっていく。いまは『濹東綺譚』はどこにもないのだが、歩けばどこかに今もあるような気がしてくる。

この物語の旧景は、もうどこにもない。
ただ変貌した景色の中に道は残り、
路地は細々と風を通している。
行き交う人は変わっても
隅田川の流れは悠々と流れ続けている。

一

わたくしは殆ど活動写真を見に行ったことがない。

おぼろ気な記憶をたどれば、明治三十年頃でもあろう。神田錦町《にしきちょう》に在った貸席錦輝館で、サンフランシスコ市街の光景を写したものを見たことがあった。活動写真という言葉のできたのも恐らくはその時分からであろう。それから四十余年を過ぎた今日《こんにち》では、活動という語《ことば》は既にすたれて他のものに代《かえ》られているらしいが、初めて耳にしたものの方が口馴れて言いやすいから、わたくしは依然としてむかしの廃語をここに用いる。

『濹東綺譚』は〈わたくしは殆ど活動写真を見に行ったことがない〉という書き出しから始まっている。脱稿したのは昭和十一年十月二十五日。昭和二年には雑誌「映画人」「シネマ王国」が相次いで創刊されていることからみても、「映画」は娯楽として民衆から熱狂的に支持されていたことが解る。

だから昭和十一（一九三六）年当時、「映画」ということばは普通に使われていた。荷風はあえてここで「活動写真」ということばを選択した。「初めて耳にしたものの方が口馴れて言いやすい」というのは表向き、なんらかの意図があってのことだろう。

「わたくしは明治十二（一八七九）年生まれの古い人間でございまして」と遜った言い方をしながら、本心は別のところにあったはずだ。欧米に負けてはならぬとばかり「明治・大正・昭和」と激変していく社会状況を、嘆いてのことだったのではないだろうか。「わたくしは殆ど活動写真を見に行ったことがない」という書き出しは、荷風ならではの皮肉を込めた反骨精神だったのかもしれない。

映画の技術的な進歩は著しく、明治四十二年ごろからトーキーが主流となり、それまで話芸をもって活躍していた弁士は廃業状態になり、オール・トーキーになるまでさほど時間はかか

映画人
創刊
三月号
映画人社発行
1925
創刊號

らなかった。「活動写真」から「映画」に変わり、一般大衆を高揚させるプロパガンダの役割を担うものとなり、荷風はそこから距離をとりたかったのだろうか。

活動写真の看板を一度に最多く一瞥する事のできるのは浅草公園である。ここへ来ればあらゆる種類のものを一ト目に眺めて、おのずから其巧拙をも比較することができる。わたくしは下谷《したや》浅草の方面へ出掛ける時には必ず思出して公園に入り杖を池の縁《ふち》に曳く。

荷風が「活動写真」の看板を見ていたとする浅草公園について、昭和十一年七月三日の『断腸亭日乗』には、その様子が記述されている。〈夕飯前に家を出で、行くところもなければ浅草公園に往く。伝法院裏門外より池のほとりに並びたる露店の中、人の殊更多く集るものは八ツ目鰻のつけ焼と姓名判断の冊子売るところなり。(中略)池のほとりのベンチに腰かけて憩ふ。バナナの皮と紙屑ちらばりたるは東京中いづこの公園にも見るところなり。活動小屋の絵看板を一見し電車にて銀座に至り銀座食堂に飰してかへる。〉

荷風の記述に沿って歩いてみよう。地下鉄銀座線浅草駅から地上に出て雷門通りを旧仁丹塔に向かうと、すぐ右側が観光客でごったがえす雷門。雷門と言っても、当時門はなかった。「門は慶応元年に焼けたなり建てられないのだという」と荷風の「寺じまの記」にある。しばらく歩きオレンジ通りを右に曲がる。アンヂェラスという古い喫茶店を過ぎ、新仲見世通りも越えると突き当たる。前方が伝法院裏門で右側に浅草公会堂が建っている。この左右の道が伝法院通りで、ここを左へ曲がり、伝法院に沿ってホッピー通りとよばれる小料理屋が連なる通りを北へ行くと、左右にリッチモンドホテルが見えてくる。浅草寺に向かう大衆演劇の木馬館周辺から、北は花やしきあたりまで、ホテル先の場外馬券場ウインズ浅草あたりまで、かつて瓢簞池があり、この池の通りの反対側が映画街だった。

当時浅草は、映画館、寄席、劇場と乱立し最大二十七館にもなった。娯楽の巨大殿堂地として色とりどりのネオン看板が輝き、特に六区興行街の賑わいは凄まじく、映画はトーキー全盛期に突入する。荷風五十七歳。絵看板を注視しながら、人混みの中を歩く。まだまだ好奇心旺盛な荷風の曳いた杖は軽そうだ。

浅草は銀座とは対照的な娯楽の繁華街となっていく。たまの休日を過ごす客の服装は、たいていが鳥打帽で紺無地の着物が他所行きのスタイル。荷風のように銀座仕立てのスーツにハット、革靴、コウモリ傘というスタイルは珍しかった。

『濹東綺譚』が書かれた昭和十一年ごろ、映画は圧倒的に外国、ことにアメリカ映画が多かった。

夕風も追々寒くなくなって来た或日のことである。一軒々々入口の看板を見尽して公園のはずれから千束町《せんぞくまち》へ出たので。右の方は言問橋《ことといばし》左の方は入谷町《いりやまち》、いずれの方へ行こうかと思案しながら歩いて行くと、四十前後の古洋服を着た男がいきなり横合から現れ出て、

「檀那、御紹介しましょう。いかがです。」と言う。

「イヤありがとう。」と云って、わたくしは少し歩調を早めると、

「絶好のチャンスですぜ。猟奇的ですぜ。檀那。」と云って尾《つ》いて来る。

「わたくし」は浅草公園から、花やしきを右手に言問通り方面に向かった。現在では関東大震災で倒壊した浅草十二階、パチンコ屋（当時昭和劇場）傍の凌雲閣記念碑をちらりと見て、アーケードのあるひさご通りを歩くことになる。左手には牛鍋屋の米久。ここは今でも大太鼓を叩いて客を迎え入れてくれる。

ひさご通りは左右に細い路地が幾筋もある。殊に十二階跡あたりは怪しげな私娼のひしめく魔窟だった。「わたくし」がポン引きに声をかけられたのはこの通りでのことだろう。なんの前触れもなしに現れたポン引きに、「わたくし」はさぞかしビックリしたのか、あり得ると知りながら歩いていたのか。

言問通りとの交差点に出る。「わたくし」はここで「いらない。吉原へ行くんだ。」と咄嗟の

2日ヨリ
猛獣師の子

返事を返す。これで行き先の方向が決まった。怪しげな勧誘者を追い払うためのでまかせの返事ではあったが、この日の散歩の方向はこの出来事で決定した。行き先は風まかせ、人まかせである。

「猟奇的」というのは、その年五月に起こった阿部定事件で流行ったことばだ。荷風は映画ということばは使用しないのに、流行語はさりげなく取り入れる。

現在の言問通りの両側はビルやマンションが建ち並ぶ地域になっていて、当時を偲ばせるものはない。荷風がよく通った洋食の大坂屋も閉店してしまった。

今から四十五年くらい前、国際通りの美容院に勤める友人のアパートに遊びに行ったことがある。そのころはこの通りには古い木造の家が並んでいた。友人のアパートは、下が倉庫で上がアパートになっていて、窓から言問橋が見えていた。この日生まれて初めてパーマをかけた。練習台にされ、帰りチリチリの頭で恥ずかしい思いをしながら帰った記憶がある。

「吉原へ行く」と言ったが、荷風は「里の今昔」で吉原から浅草に向かうのに二つの道筋があったと述べている。〈吉原から浅草に至る通路の重なるものは二筋あった。その一筋は大門を出て堤を右手に行くこと二、三町、むかしは土手の平松《ひらまつ》とかいった料理屋の跡を、そのまま牛肉屋常磐《ときわ》の門前から斜に堤を下り、やがて真直《まつすぐ》に浅草公園の十二階下に出る千束町《せんぞくまち》二、三丁目の通りである。他の一筋は堤の尽きるところ、道哲《どうてつ》の寺のあるあたりから田町《たまち》へ下りて馬道《うまみち》

へつづく大通である。電車のないその時分、廓《くるわ》へ通う人の最も繁く往復したのは、千束町二、三丁目の道であった。〉

その一筋に「わたくし」は立っていた。

ひさご通りは言問通りを越えると千束通りとなる。この道をまっすぐ、浅草四丁目を過ぎて適当な道を左に曲がるのが吉原への最短距離で、はやる気持ちを抑えつつも早足で行くと、ものの十分程度で旧羅生門河岸に出る。道すがら、荷風の記した土手の平松や牛肉屋常磐は見つけることはできない。

しかし「わたくし」は、まっすぐ千束通りを歩いて廓内に向かおうとしない。

歩いて行く中《うち》わたくしは土手下の裏町に古本屋を一軒知っていることを思出した。

「わたくし」は吉原の正面に向かうもう一つのコース、馬道から土手通りを目ざす。

古本屋の店は、山谷堀《さんやぼり》の流が地下の暗渠《あんきょ》に接続するあたりから、大門前日本堤橋《おおもんまえにほんづつみばし》のたもとへ出ようとする薄暗い裏通に在る。裏通は山谷堀の水に沿うた片側町で、対岸は石垣の上に立続く人家の背面に限られ、此方《こなた》は土管、地瓦《ちがわら》、川土、材木などの問屋が人家の間に稍《やや》広い店口を示しているが、堀の幅の狭くなるにつれて次第に貧気《まずしげ》な小家《こいえ》がちになって、夜は堀にかけられた正法寺橋《しょうほうじばし》、山谷橋《さんやばし》、地方橋《じかたばし》、髪洗橋《かみあらばし》などいう橋の灯《ひ》がわずかに道を照すばかり。堀もつき橋もなくなると、人通りも共に途絶えてしまう。この辺で夜も割合におそくまで灯《あかり》をつけている家は、かの古本屋と煙草を売る荒物屋ぐらいのものであろう。

ここからはだいぶ遠回りにはなるが、現在公園として整備されている山谷堀を隅田川から辿ってみよう。

言問通りを言問橋方面に向かうと、左手に江戸時代の芝居町、旧猿若町の碑があり、少し歩くと言問橋西の五叉路交差点に出る。橋に向かって左手に聖天町交番があるが、ここは後で登場してもらうことにして、川沿いの道を桜橋方面に歩を進める。ものの五分もたたないうちに、左手に待乳山聖天、右手に墨田公園山谷堀広場が広がり、広場の脇には今土橋跡の橋台が残されているのを目にすることができる。ここが最初の橋跡だ。

山谷堀に架けられた橋は九つ。隅田川寄りからは、今戸橋、聖天橋、吉野橋、正法寺橋、山谷堀橋、紙洗橋、地方新橋、地方橋、日本堤橋と、吉原のある日本堤に通じている。

この公園道は、途中かつての日光街道である吉野通などを横切り、紙洗橋から土手通りに沿うように並ぶ裏道で、交通量も少なく静かな散策ができる。道の両側には桜の木が植えられ、

ここは隠れた花見の名所でもあるという。

　この吉野通りを渡った左側あたりに、土手の道哲で知られる西方寺があった。今ではこの寺も巣鴨に引っ越してしまい、案内板もないので正確にはわからないが、このあたりを地図で確認すると、ちょうど先ほどの聖天町交番からまっすぐ来れるところを、三角形の二辺を遠回りしてきたことになる。落語「反魂香」でもお馴染みの道哲と高尾太夫の墓はここにあったわけである。道哲の墓を掘り返したとき、骨壺が二つ出てきたという逸話も思い出す。

　さて公園道はまだまだ続く。何しろ昔でいえば土手八丁である。吉野橋から三百メートルほど、三つめの橋が紙洗橋。名前の通り屑紙を溶かして漉き返した浅草紙を製造する職人がこのあたりに多く、溶かした紙を冷やす（冷やかす）ための数時間、職人たちは吉原をぶらぶら覗き見していた。見るだけの客を「素見《ひやかし》」というが、水に冷やかすの語呂合わせ。

　紙洗橋手前あたりから、一筋先の表通りは土手通りとなる。「里の今昔」の冒頭には「昭和二年の冬、酉《とり》の市《いち》へ行った時、山谷堀《さんやぼり》は既に埋められ、日本堤《にほんづつみ》は丁度取崩しの工事中であった。」とあり、以来名物の土手はなくなった。

　ここから二百メートルほどで地方橋。今来た道を振り返ると、この通りの向こうには東京スカイツリーがそびえている。ここで公園道は途絶えるが、構わず歩くとすぐ右側に日本堤公園があり、その先の警視庁の建物のある四辻を左に曲がると、そこは土手通りの吉原大門になっている。

ここまで長々と説明してきたのは、実は訳がある。『濹東綺譚』の「堀もつき橋もなくなると、人通りも共に途絶えてしまう。この辺で夜も割合におそくまで灯《あかり》をつけている家は、かの古本屋と煙草を売る荒物屋ぐらいのものであろう。」という一文を確かめようと思い、遠回りしながらも歩き続けてきたのである。

この古本屋については『断腸亭日乗』（昭和十年十月二十五日）にも細かく記述されている。「日本堤東側の裏町を歩み行く時、二間程の間口に古雑誌つみ重ねたる店あるのを見たれば硝子戸あけて入るに、六十越したりと見ゆる坊主の亭主坐りいて、（中略）禿頭の亭主が様子話振りむかしの貸本屋も思出さるるばかりの純然たる江戸下町の調子なれば、旧友に逢いたる心地し、（中略）言値《いいね》のままにて購《あがな》い大通りに出ればむかしの大門に近きところなり。」

「旧友に逢いたる」とはよほど店主の物腰、物言いがしなやかで江戸下町の風情そのままだったのだろう。荷風は店主がさし出した本を言い値で購入している。

同様の記述は『濹東綺譚』にも見える。

わたくしは古本屋の名は知らないが、店に積んである品物は大抵知っている。創刊当時の文芸倶楽部か古いやまと新聞の講談附録でもあれば、意外の掘出物だと思わなければならない。然しわたくしがわざわざ廻り道までして、この店をたずねるのは古本の為ではなく、古本を鬻《ひさ》ぐ亭主の人柄と、廓外《くるわそと》の裏町という情味との為である。

主人《あるじ》は頭を綺麗に剃《そ》った小柄の老人。年は無論六十を越している。その顔立、物腰、言葉使から着物の着様に至るまで、東京の下町生粋《きっすい》の風俗を、そのまま崩さずに残しているのが、わたくしの眼には稀覯《きこう》の古書よりも寧《むし》ろ尊くまた懐しく見える。

この古本屋はどこにあったのか、また現在もあるのか。

〈堀もつき橋もなくなる〉（『濹東綺譚』）のは地方橋である。「日本堤東側の裏町を歩み行く時」（『断腸亭日乗』）なら、歩いてきた公園道である。そうすると日本堤公園を中心に百メートルほどを行ったり来たりすればいいはずだが、残念ながらこの古本屋の確信ある面影を位置することはできなかった。

店の主人と「わたくし」とのやりとりは、こんなふうだった。

「相変らず何も御在《ございま》せん。お目にかけるようなものは。そうそうたしか芳譚《ほうたん》雑誌がありました。揃っちゃ居りませんが。」

「為永春江《ためながしゅんこう》の雑誌だろう。」

「へえ。初号がついて居りますから、まアお目にかけられます。おや、どこへ置いたかな。」と壁際に積重ねた古本の間から合本《がっぽん》五六冊を取出し、両手でぱたぱた塵をはたいて差出すのを、わたくしは受取って、

「明治十二年御届としてあるね。この時分の雑誌をよむと、生命《いのち》が延《のび》るような気がするね。魯《ろ》文珍報も全部揃ったのがあったら欲しいと思っているんだが。」

「時々出るにゃ出ますが、大抵ばらばらで御在ましてな。檀那、花月新誌はお持合せでいらっしゃいますか。」

「持っています。」

主人と「わたくし」とは、打てば響くという間柄であることが見て取れる。そこへ主人と顔なじみでもあろう禿げ頭の古着屋が現れ、仕入れてきた女物らしい小紋の単衣《ひとえ》と胴抜《どうぬき》の長襦袢《じゅばん》を出して見せた。荷風は世捨て人のような老人を好んで書いており、古本屋の主人も古着屋の禿げ頭もその典型といえる。

其場の出来心からわたくしは古雑誌の勘定をするついでに胴抜の長襦袢一枚を買取り、坊主頭の亭主が芳譚雑誌の合本と共に紙包にしてくれるのを抱えて外へ出た。

ところで『濹東綺譚』で荷風は、山谷堀に架かる橋を「正法寺橋、山谷橋、地方橋、髪洗橋」という順に記している。しかし歩いてきたように、隅田川からは「正法寺橋、山谷堀橋、紙洗橋、地方新橋、地方橋」で、地方橋と紙洗橋の順が逆、さらに紙洗橋は髪洗橋となっている。

「里の今昔」でも荷風弱冠のころ、明治三十年代の吉原について次のように書いている。

〈その頃、見返柳《みかえりやなぎ》の立っていた大門《おおもん》外の堤に佇《たたず》んで、東の方《かた》を見渡すと、地方今戸町《じかたいまどまち》の低い人家の屋根を越して、田圃のかなたに小塚ッ原《こづかッぱら》の女郎屋の裏手が見え、堤の直ぐ下には屠牛場や元結《もとゆい》の製造場などがあって、山谷堀へつづく一条《ひとすじ》の溝渠が横わっていた。毒だみの花や、赤のままの花の咲いていた岸には、猫柳のような灌木が繁っていて、髪洗橋《かみあらいばし》などいう腐った木の橋が幾筋もかかっていた。〉

やはり髪洗橋で、しかもルビを振っている。なぜだろう。「里の今昔」が「中央公論」に発表されたのは『濹東綺譚』の一年前（昭和十年三月号）だった。ちなみに『断腸亭日乗』（昭和十年十月二十五日）の橋巡りでは紙洗橋としている。

浅草紙同様、髷の元結となる高級紙もこのあたりで生産していたことがわかる。落語の「文七元結」の舞台。ただ落語では「もとゆい」ではなく「もっとい」と読む。頭のてっぺんから下半身まで、紙は遊郭の必需品なのだろう。

ところで、先ほど「里の今昔」から引用した吉原から浅草へのメインコース。「道哲の寺のあるあたりから田町へ下りて馬道へつづく大通」とあるが、歩いてみるとどうも塩梅が悪いのである。

吉原大門から土手通りを通って紙洗橋交差点を過ぎると、少し先、道は大きく右に曲がって馬道となる。西方寺は吉野通り（旧日光街道）近くにあり、紙洗橋を過ぎてまっすぐ公園道を通らなくてはならない。昭和十年前後の地図で確認しても同様で、西方寺経由は浅草に戻るのに遠回りなのである。荷風お好みの、特別なコースが創作されている。

さて、あたりは夜の帳がおりはじめた。「わたくし」同様、浅草に戻ろう。ふと廓外の十分に時を経た風格ある店舗が並ぶ一角を見つける。ここら一帯戦火で焼け残ったのだろう。建物を見るだけでも価値がある。細分の仕上げは当時の大工の職人技。築九十年以上の建物は、明治、大正、昭和、平成と四つの時代の風雨を知っている。

創業明治二十八年の桜なべ「中江」に腰を下ろす。割下に味噌ダレを使う桜鍋を頂きながら、酒と共に酔時を過ごす。即座に精がつくと言われている馬肉、男衆は廓外のこの桜鍋を食して大門をくぐった。

日本堤を往復する乗合自動車に乗るつもりで、わたくしは暫く大門前の停留場に立って

いたが、流しの円タクに声をかけられるのが煩《うるさ》いので、もと来た裏通へ曲り、電車と円タクの通らない薄暗い横町を択《えら》み択み歩いて行くと、忽ち樹の間から言問橋の灯《あかり》が見えるあたりへ出た。川端の公園は物騒だと聞いていたので、川の岸までは行かず、電燈の明るい小径《こみち》に沿うて、鎖の引廻してある其上に腰をかけた。

実は此方《こっち》への来がけに、途中で食麺麭《しょくぱん》と鑵詰《かんづめ》とを買い、風呂敷へ包んでいたので、わたくしは古雑誌と古着とを一つに包み直して見たが、風呂敷がすこし小さいばかりか、堅い物と柔いものとはどうも一緒にはうまく包めない。結局鑵詰だけは外套《がいとう》のかくしに収め、残の物を一つにした方が持ちよいかと考えて、芝生の上に風呂敷を平《たいら》にひろげ、頻《しきり》に塩梅《あんばい》を見ていると、いきなり後《うしろ》の木蔭から、「おい、何をしているんだ。」と云いさま、サアベルの音と共に、巡査が現れ、猿臂《えんぴ》を伸してわたくしの肩を押えた。

わたくしは返事をせず、静に風呂敷の結目《むすびめ》を直して立上ると、それさえ待どしいと云わぬばかり、巡査は後からわたくしの肱《ひじ》を突き、「其方《そっち》へ行け。」

公園の小径をすぐさま言問橋の際《きわ》に出ると、巡査は広い道路の向側に在る派出所へ連れて行き立番の巡査にわたくしを引渡したまま、急《いそが》しそうにまた何処《どこ》へか行ってしまった。

「わたくし」は恐らく、土手通りから吉野橋を右に曲がり、吉野通りを言問橋に向かったのだろう。昭和十一年といえば二・二六事件が起こり、軍部が政治の実権を握り、世の中が窮屈になっていったころだ。巡査は「オイ、コラ」で高飛車だった。

この交番は先述した聖天町交番で、当時は聖天町巡査派出所といった。住所は「浅草聖天町五十五番地」で現在と同じ場所にある。公園というのは隅田公園、関東大震災の復興事業の一環として、瓦礫の捨て場として再利用したものだった。川端康成『浅草紅団』では「アスファルトの散歩道」とある。

「わたくし」は巡査から尋問を受ける。


「名は何と云う。」

「大江《おおえ》匡《ただす》。」と答えた時、巡査は手帳を出したので、「匡《ただす》は匚《はこ》に王の字をかきます。一タビ天下ヲ匡スと論語にある字です。」

巡査はだまれと言わぬばかり、わたくしの顔を睨《にら》み、手を伸していきなりわたくしの外套の釦《ぼたん》をはずし、裏を返して見て、

「記号《しるし》はついていないな。」つづいて上着の裏を見ようとする。

「記章《しるし》とはどう云う記章です。」とわたくしは風呂敷包を下に置いて、上着と胴着《チョツキ》の胸を一度にひろげて見せた。

「住所は。」

「麻布区御箪笥町《おたんすまち》一丁目六番地。」

「職業は。」

「何《なん》にもしていません。」

「無職業か。年はいくつだ。」

「己《つちのと》の卯《う》です。」

「いくつだよ。」

「明治十二年己の卯の年。」それきり黙っていようかと思ったが、後《あと》がこわいので、「五十八。」

「いやに若いな。」

「へへへへ。」

「名前は何と云ったね。」

「今言いましたよ。大江匡。」

「家族はいくたりだ。」

「三人。」と答えた。実は独身であるが、今日《こんにち》までの経験で、事実を云うと、いよいよ怪しまれる傾《かたむき》があるので、三人と答えたのである。

「三人と云うのは奥さんと誰だ。」巡査の方がいい様に解釈してくれる。

「嚊《かか》アとばばア。」

「奥さんはいくつだ。」

一寸窮《こま》ったが、四五年前まで姑《しばら》く関係のあった女の事を思出して、「三十一。明治三十九年七月十四日生丙午《ひのえうま》……。」


ここで「わたくし」が荷風自身であることがわかる。舐めるがごとく荷風を調べ上げた秋庭太郎によれば、〈大江匡は永井の本姓大江といふ平安鎌倉時代の学匠の家大江姓と、尾張永井家の先祖たちの名に多く匡の字を用いられたこととかから思ひついての命名〉としている(『新考永井荷風』)。「わたくし」は誇らしげに名乗っている。また住所は偏奇館である「麻布区市兵衛町一-六」のうち「市兵衛町」を「御簞笥町」に変更して申告している。御簞笥町は江戸時代の町名で、当時は簞笥町、偏奇館から見ると崖下の町だった。

咄嗟に口にした「奥さん」は、『断腸亭日乗』(昭和十一年一月三十日)にある「帰朝以来馴染を重ねたる女」一覧から類推すれば、「ひかげの花」のモデルといわれた黒澤きみという女になろうが、年齢や生年月日は異なる。七月十四日はフランス革命記念日をあてたとする説もある。荷風がフランス好きだったのはよく知られている。

尋問はさらに続き、風呂敷から出てきた艶めかしい長襦袢を不審に思われるが、持っていた印鑑証明やら実印やらでどうやら怪しい人物ではないと思われる。

（中略）わたくしは入口に立ったまま道路の方へ目を移した。

道路は交番の前で斜に二筋に分れ、その一筋は南千住、一筋は白髯橋《しらひげばし》の方へ走り、それと交叉して浅草公園裏の大通が言問橋を渡るので、交通は夜になってもなかなか頻繁であるが、どういうことか、わたくしの尋問されるのを怪しんで立止る通行人は一人もない。向側の角のシャツ屋では女房らしい女と小僧とがこっちを見ていながら更に怪しむ様子もなく、そろそろ店をしまいかけた。

この「怪しんで立止る通行人は一人もない」という記述には、荷風の実験の跡があった。偏奇館に出入りを許されていた男の一人、小田呉郎とある夜隅田公園を散歩した際、「持参の風呂敷包みの結び目から、この日買入れた古着の女物の派手な長襦袢の端を故意にチラチラさせて、わざわざ巡査派出所前を往つたり来たりして巡査から不審尋問をうけるべく努めたが、荷風の人柄がよかった故か巡査は荷風等二人に頓着しなかつた」と秋庭太郎は小田の証言を記している（『考證永井荷風』）。

「わたくし」の尋問は終わった。

「もう用はありませんか。」

「ない。」

「御苦労さまでしたな。」わたくしは巻煙草も金口のウエストミンスターにマッチの火をつけ、薫《かおり》だけでもかいで置けと云わぬばかり、烟《けむり》を交番の中へ吹き散して足の向くまま言問橋の方へ歩いて行った。後で考えると、戸籍抄本と印鑑証明書とがなかったなら、大方その夜は豚箱へ入れられたに相違ない。一体古着は気味のわるいものだ。古着の長襦袢が祟《たた》りそこねたのである。

『濹東綺譚』は出だしから、荷風のいろいろな趣向が見て取れる。

Westminster
Tobacco
Co. Ltd
London

荷風の散歩道は奥が深い。
バス通りも、裏通りも、路地も、
さまざまな道筋に身を溶かす。

二

「失踪」と題する小説の腹案ができた。書き上げることができたなら、この小説はわれながら、さほど拙劣なものでもあるまいと、幾分か自信を持っているのである。

小説中の重要な人物を、種田順平《たねだじゅんぺい》という。年五十余歳、私立中学校の英語の教師である。

昭和五（一九三〇）年十月一日の国税調査の都市の人工要覧によると、東京市の人口は二百五万一千四百人。荷風の住居偏奇館のあった麻布区は八万四千四百人。東京随一の繁華街浅草を有する浅草区は、人口が一番多く二十四万人。現在の東京都の人口は約千三百六十四万八千人（平成二十九年八月現在）で、比較にならない人口比である。まだまだ昭和初期の東京は、ゆったりして空もうんと広かった。現在の東京からは想像できぬほど広い空間が生み出す景色は、人の気質まで変える。初老に差しかかった男の「忍耐」と「限界」との葛藤が、作中小説という手法で描きだされていく。

種田は初婚の恋女房に先立たれてから三四年にして、継妻光子《けいさいみつこ》を迎えた。光子は知名の政治家 某《なにがし》の家に雇われ、夫人付の小間使となったが、主人に欺かれて身重になった。主家では其執事遠藤 某《なにがし》をして後の始末をつけさせた。其条件は光子が無事に産をしたなら二十個年子供の養育費として毎月五拾円を送る。其代り子供の戸籍については主家では全然与り知らない。又光子が他へ嫁する場合には相当の持参金を贈ると云うような事であった。

光子は執事遠藤の家へ引取られ男の児を産んで六十日たつか経たぬ中《うち》やはり遠藤の媒介《なかだち》で中学校の英語教師種田順平なるものの後妻となった。時に光子は十九、種田は三十歳であった。

この章の冒頭でも荷風らしいモデル設定がされているようだ。

ここでは荷風と叔父阪本釤之助（荷風の父九一郎の実弟）との確執を見て取れると磯田光一は指摘する（「濹東の秋―永井荷風」）。〈光子が某政治家に欺かれて身重になったという記述のうちには疑いもなく荷風の初期作品『新任知事』の後日談の含みがある。この局面についてみるかぎり、政治家某とは荷風の叔父阪本釤之助であり、光子は高見順生母高間古代に該当する。〉〈種田順平の『順』は高見順の『順』であり、作中小説『失踪』の光子の子供の名前芳子は、高見順の本名高間芳雄の『芳』、芳子の弟為秋の『秋』は高見の生涯の伴侶・高間秋子の『秋』なのである。〉

阪本釤之助が福井県知事時代、高間古代に身籠らせて生まれたのが高見順で、荷風が高見順と親戚関係にあるのを知ったのは、『断腸亭日乗』によれば『濹東綺譚』執筆直前の昭和十一年八月二十七日のことだった。

種田は初めの恋女房を失ってから、薄給な生活の前途に何の希望をも見ず、中年に近《ちかづ》くに従って元気のない影のような人間になっていたが、旧友の遠藤に説きすすめられ、光子母子の金にふと心が迷って再婚をした。其時子供は生れたばかりで戸籍の手続もせずにあったので、遠藤は光子母子の籍を一緒に種田の家に移した。それ故後《のち》になって戸籍を見ると、種田夫婦は久しく内縁の関係をつづけていた後、長男が生れた為、初めて結婚入籍の

手続をしたもののように思われる。

二年たって女の児が生れ、つづいて又男の児が生れた。

表向は長男で、実は光子の連子《つれこ》になる為年《ためとし》が丁年になった時、多年秘密の父から光子の手許《てもと》に送られていた教育費が途絶えた。約束の年限が終ったばかりではない。実父は先年病死し、其夫人もまたつづいて世を去った故である。

長女芳子と季児《すえこ》為秋《ためあき》の成長するに従って生活費は年々多くなり、種田は二三軒夜学校を掛持ちして歩かねばならない。

長男為年は私立大学に在学中、スポーツマンとなって洋行する。妹芳子は女学校を卒業するや否や活動女優の花形となった。

継妻光子は結婚当時は愛くるしい円顔であったのがいつか肥満した婆《ばば》となり、日蓮宗に凝りかたまって、信徒の団体の委員に挙げられている。

子どもたちが成長するにしたがって、種田はふと、このままでいいのか疑問を抱くようになる。家内の喧騒に耐え、妻子の好みは種田とは正反対のことばかりで、長年中学校の英語教師として苦労してきたが、今になってこのまま我慢すべきなのか悩んでいる。

いつの世も同じなのだ。新橋駅を行き交うサラリーマンの背中に似たものを見ることができる。妻に小言を言われ、子どもに貶され、ローンにがんじがらめになり、家に帰っても居場所すらない、悲しすぎる現実。種田と同じ気持ちの人は多い。以前は封筒に入った報酬が現金で貰えたが、現在は銀行振込で数字の並んだ紙リボンをもらうだけでむなしい。現金の強さは気の弱い種田を思いきった行動へと駆り立てる。もう辛抱なんて嫌だ、「失踪」はせめてもの家族への復讐だ。

五十一歳の春、種田は教師の職を罷められた。退職手当を受取った其日、種田は家にかえらず、跡をくらましてしまった。

これより先、種田は嘗て其家に下女奉公に来た女すみ子と偶然電車の中で邂逅し、其女が浅草駒形町のカフエーに働いている事を知り、一二度おとずれてビールの酔を買った事がある。

退職手当の金をふところにした其夜である。種田は初て女給すみ子の部屋借をしているアパートに行き、事情を打明けて一晩泊めてもらった……。

これが『失踪』の出だしの構想だが、その後大江はこの小説をどのように進めたらいいか思案に暮れている。種田順平はどこに失踪したらいいか……。

小説をつくる時、わたくしの最も興を催すのは、作中人物の生活及び事件が開展する場所の選択と、その描写とである。わたくしは屢《しばしば》人物の性格よりも背景の描写に重きを置き過るような誤《あやまち》に陥ったこともあった。

わたくしは東京市中、古来名勝の地にして、震災の後新しき町が建てられて全く旧観を失った、其状況を描写したいが為に、種田先生の潜伏する場所を、本所か深川か、もしくは浅草のはずれ。さなくば、それに接した旧郡部の陋巷《ろうこう》に持って行くことにした。

ここから、いよいよ『濹東綺譚』の主な舞台、玉の井が登場する。

六月末の或夕方である。梅雨はまだ明けてはいないが、朝から好く晴れた空は、日の長いころの事で、夕飯をすましても、まだたそがれようともしない。わたくしは箸を擱くと共にすぐさま門を出で、遠く千住なり亀井戸なり、足の向く方へ行って見るつもりで一先電車で雷門まで往くと、丁度折好く来合せたのは寺島玉の井としてある乗合自動車である。

このバスに乗ってみよう。行先は違うが同じコースを通る、都営バス「草39」系統だ。上野

井ノ玉
仁丹

松坂屋前から金町駅前までを走るが、やはり乗るのは浅草雷門。

吾妻橋《あづまばし》をわたり、広い道を左に折れて源森橋《げんもりばし》をわたり、真直に秋葉神社の前を過ぎて、また姑《しば》く行くと車は線路の踏切でとまった。踏切の両側には柵《さく》を前にして円タクや自転車が幾輛となく、貨物列車のゆるゆる通り過るのを待っていたが、歩く人は案外少く、貧家の子供が幾組となく群《むれ》をなして遊んでいる。降りて見ると、白髯橋から亀井戸の方へ走る広い道が十文字に交錯している。ところどころ草の生えた空地《あきち》があるのと、家並《やなみ》が低いのとで、どの道も見分《みわけ》のつかぬほど同じように見え、行先はどこへ続くのやら、何となく物淋しい気がする。

水戸街道を北上し、東武鉄道の高架橋をちょっと過ぎたあたりにある向島消防署前で降りてみよう。振り返ると「白髯橋から亀井戸の方へ走る広い道」が見えるが、これは明治通り。右へ行くと白鬚橋、左へ行くと京成電車の曳舟方面に出る。このあたりも、現在では高いビルや高層居住アパートが多く立ち並んでいる。

わたくしは種田先生が家族を棄てて世を忍ぶ処を、この辺の裏町にして置いたら、玉の井の盛場《さかりば》も程近いので、結末の趣向をつけるにも都合がよかろうと考え、一町ほど歩いて狭い横道へ曲って見た。自転車も小脇に荷物をつけたものは、摺《す》れちがう事が出来ないくらいな狭い道で、五六歩行くごとに曲っているが、両側とも割合に小綺麗な耳門《くぐりもん》のある借家が並んでいて、勤先からの帰りとも見える洋服の男や女が一人二人ずつ前後して歩いて行く。遊んでいる犬を見ても首環に鑑札がつけてあって、左程汚《きたな》らしくもない。忽《たちまち》にして東武鉄道玉の井停車場の横手に出た。

恐らく向島消防署前で降りた荷風は、現在ではスバルの自動車販売店を過ぎてすぐ、コインパーキングのある路地を左に入った。

『断腸亭日乗』（昭和十一年五月十六日）には「玉の井見物の記」があり、自筆の詳細な地図が併載されている（「地図①」）。ただし罫紙に書いたメモ風のもので見づらく、荷風が別に半紙に朱も交えて美しく書き直したものもあり、それは岩波の旧『荷風全集』（第九巻）口絵などに収録されている（「地図②」）。

玉の井に関する地図は他にもあって、よく知られているものに『濹東綺譚』の挿絵にある木村荘八のもの（「地図③」）、および川本三郎『荷風と東京』（都市出版）に挟みこまれている、玉の井に生まれ育った画家小針美男氏が作成したもの（「地図④」）、前田豊『玉の井という街があった』（「地図⑤」）、日比恒明『玉の井　色街の社会と暮らし』（「地図⑥」）などがあり、それらを参考に、本書では新たに地図を作った（「本書地図」）。

荷風の書いた「地図①」「地図②」と、他の地図とで、かなり異なる箇所がある。それは京成白鬚線跡地を横切る二本の道路で、本来市営バス寺島町五丁目バス停から賑本通りの大正堂薬局に突き当たる道が、荷風版ではともに一本東武電車寄りの、土手をくぐるトンネルの道になっており、賑本通りとの突き当たりが伏見稲荷付近になっていることである。「本書地図」では「地図③」「地図④」「地図⑤」「地図⑥」を参考にした。

本書では原則「本書地図」に基づいて説明するが、詳細の比較など、各地図に基づいて述べることもあるのでご承知おき願いたい。

「地図①」では左上の欄外により詳細な路地が書き込まれており、路地の入口には玉の井駅入口の杭が立っていたようだ。途中、昭和病院や玉の井市場があったはずだが、荷風はここでは特に触れていない。現在では道も整備され、すぐに駅前に出られる。

> 線路に沿うて売貸地の札を立てた広い草原が鉄橋のかかった土手際に達している。去年頃まで京成《けいせい》電車の往復していた線路の跡で、崩れかかった石段の上には取払われた玉の井停車場の跡が雑草に蔽《おお》われて、此方《こなた》から見ると城址《しろあと》のような趣をなしている。

玉ノ井駅

わたくしは夏草をわけて土手に登って見た。眼の下には遮《さえぎ》るものもなく、今歩いて来た道と空地と新開の町とが低く見渡されるが、土手の向側は、トタン葺《ぶき》の陋屋《ろうおく》が秩序もなく、端《はて》しもなく、ごたごたに建て込んだ間から湯屋の烟突《えんとつ》が屹立《きつりつ》して、その頂きに七八日頃《なのようか》の夕月が懸っている。空の一方には夕栄《ゆうばえ》の色が薄く残っていながら、月の色には早くも夜らしい輝きができ、トタン葺の屋根の間々からはネオンサインの光と共にラディオの響が聞え初める。

東向島（旧玉ノ井）駅から線路沿いに鐘ヶ淵方向に歩くと、右手にカラオケの店がある。この少し先の辺りが白鬚線の跡だろう。もちろん現在は平地である。

先ほどの明治通りを亀戸方向に向かうと、京成曳舟駅と八広駅（旧荒川駅）の間にはかつて向島駅があり、白鬚橋までわずか一・四キロの白鬚線が通っていた。途中の駅は、長浦、玉ノ井だったが、開業して八年後、昭和十一年三月に廃線となる。『濹東綺譚』が執筆される半年前だった。なお荷風は、白鬚橋を白髯橋と書いている。

ところでこのシーン、荷風は「燈下小説起稿」と『断腸亭日乗』に記した翌日の九月二十二日、土手跡を取材に訪れている。

〈京成電車もと玉の井停車場はいつの頃よりか電車の運転を中止し既に線路と共に建物をも

取払いたれば、線路敷地の土手に芒生茂り、待合所の礎石プラットホームに昇る石の階段のみ雑草の中に聳立ちたるさま城塞の跡の如し。子供のあそぶ姿の見えたれば石段を登りセメント敷のプラットホーム跡に佇立するに、西方にはかの安田別墅の林樹眼界を遮り、空には高く七八日頃の月浮びたり。土手の下の南方に立派なる屋敷二三軒石の塀を連ねたり。是噂に聞きし玉の井娼家主人の住宅にて玉の井御殿と呼ばるるものなるべし。土手を下りて細き道を横断すれば線路跡に沿いたる色町に出づ。いつもの家に少憩し日の暮れ果てしころ去りて銀座に飦す。〉

別墅は「べっしょ」と読み、別荘のこと。安田別墅とあるが、地図④の作成者である小針美男の『東京つれづれ画帖』によれば、この家は安田銀行の別荘ではなく、小倉石油社長小倉常吉の別邸だったという。

私家版『濹東綺譚』では、土手跡の写真が収められ、「名も知らぬ小草の花やつゆのたま」の句が添えられている。

『濹東綺譚』が脱稿したのは昭和十一年十月二十五日。荷風は舞台となる玉の井の季節を六月ごろからにしたかった。土手には雑草が生えている必要があった。だから京成白鬚線があったのを「去年頃まで」というのは小説の上での創作。土手に登ったのは、玉の井の全体像を示したかったのだろう。

少し先走るが、『濹東綺譚』は脱稿の約半年後の昭和十二年、四月十六日から六月十五日まで、東京と大阪の朝日新聞夕刊に連載された。この連載の挿絵を担当したのが木村荘八である。木村荘八は玉の井に何度も通い、多くのスケッチや取材を重ねて挿絵に取りかかった。新聞小説の挿絵の中でも屈指のものだろう。「オレのウンメイは、これで極まった」と荘八四十四歳の手は、鉛筆、墨、水彩、ペン、コテと多様な表現方法を使用しながら『濹東綺譚』の世界を斬新な挿絵で描いた。荘八は朝日新聞記者と武田麟太郎の案内によって玉の井に通いスケッチしたという（秋庭太郎『永井荷風伝』）。

平成二十五（二〇一三）年、東京ステーションギャラリーで「生誕一二〇年木村荘八展」を見に行った時、この挿絵を目の当たりにし、サクッサクッとペンを動かす音が聞こえるほど、迷いのない線の運びに感動した思いがある。

このシーンを描いた荘八の挿絵が一番好きで、玉の井を見下ろしている大江の背中が、ジャコメッティの彫刻のように描かれているのがたまらない。どこか心細く新界地に向かう姿が斜めいて草叢上の突起物のように描かれている。木村荘八ならではの表現力に感服する。

わたくしは脚下《あしもと》の暗くなるまで石の上に腰をかけていたが、土手下の窓々にも灯がついて、むさくるしい二階の内《なか》がすっかり見下されるようになったので、草の間に残った人の足跡を辿《たど》って土手を降りた。すると意外にも、其処はもう玉の井の盛場を斜に貫く繁華な

横町の半程《なかほど》で、ごたごた建て連った商店の間の路地口には「ぬけられます」とか、「安全通路」とか、「京成バス近道」とか、或は「オトメ街」或は「賑本通《にぎわいほんどおり》」など書いた灯がついている。

この土手にあった駅舎を滝田ゆうは『寺島町奇譚』で、上り線、下り線と二枚描いている。セリフの少ない漫画なのだが、それだけにかえって人々の胸にしみいった情などが交差して浮き出てくる。人は笑っていても切なく悲しい。滝田ゆうの実家は昭和十年ごろ、玉の井に「ドン」というスタンド・バーを経営していて、バーの二階で少年期を過ごし、『寺島町奇譚』は記憶をたぐりよせて描かれたという。「ドン」があった場所は改正道路（水戸街道）のすぐ近くの外部にあたるが、滝田ゆう少年は玉の井の路地を走り回っていた。

さて「わたくし」が土手から降りてきた道は、現在の東向島六丁目の信号から斜め左に入り、平和通り（旧賑本通り）に突き当たる道だったと思われる。当時のバス停では寺島五丁目、玉の井へ入るメインストリートで、道の両側にはいろいろな店が並んでいた。この道を入って今の東向島五郵便局を少し過ぎた辺りが土手で、そこを越えると玉の井の三部となった。

荷風が初めて玉の井に足を踏み入れたのは昭和七年一月二十二日。南千住から荒川に架かる堀切橋までバスで行き、四つ木橋付近を経て玉の井に入った。〈四《よ》木橋《つぎばし》の影近く見ゆるあたりより堤を下れば寺嶋町《てらじままち》の陋巷なり。道のほとりに昭和道玉の井近道とかきたる立札あり。歩み行くこと半時間ばかり、大通を中にしてその左右の小路《こうじ》は悉く売笑婦の住める処なり。小路の間に飲食店化粧品売る小店などあり、売笑婦の家はむかし浅草公園裏にありし時の状況と更に変るところなし〉(『断腸亭日乗』)。東武電車の駅でいえば、堀切から鐘ヶ淵、玉ノ井と二キロほど歩き、さらに陋巷内部を巡見していたことになる。それから四年ほどごぶさただったが、昭和十一年三月三十一日から、再び足繁く通うようになる。『断腸亭日乗』によれば、少なくともこの年『濹東綺譚』脱稿後も含め五十三回「陋巷」を歩んでいる。

四月には次のような記述がある。

〈四月二十一日　晩餐後浅草より玉の井を歩む。稍《ようやく》陋巷迷路を知り得たり。然れども未精通するに至らざるなり。〉

〈四月二十二日　玉井の記をつくる。〉

〈四月二十三日　晩餐後重ねて玉の井に往く。道順其他の事につき再調を要する処多きを知りたればなり。〉

この「玉井の記」は「中央公論」(昭和十一年六月号)に掲載された。後に『おもかげ』(岩波書店)に収録された際は、冒頭の雷門のところで記した「寺じまの記」と改題されている。本書では「寺じまの記」で統一する。川本三郎は〈『濹東綺譚』の序文といってもいいような好随筆〉（『荷風と東京』）と言っているので、ちょっと寄り道してこの作品を見てみよう。

『濹東綺譚』では市営バスで玉の井に入ったのに対し、「寺じまの記」では京成バス。寂れかかっているいろは通り経由を選んだ。

〈……玉の井へ行く車には二種あるらしい。一は市営乗合自動車、一は京成《けいせい》乗合自動車と、各《おのおの》その車の横腹《よこはら》に書いてある。市営の車は藍色、京成は黄いろく塗ってある。案内の女車掌も各一人ずつ、腕にしるしを付けて、路端に立ち、雷門の方から車が来るたびたびその行く方角をきいろい声で知らせている。

或夜、まだ暮れてから間《ま》もない時分であった。わたくしは案内の女に教えられて、黄色に塗った京成乗合自動車に乗った。〉

さっそくこのバスにも乗ってみよう……と言いたいところだが、残念ながら現在この路線は廃止されている。もっとも似通っているのは、浅草雷門を通る京成タウンバス「有01」亀有行で、白鬚橋まではほぼ同じコースながら、玉の井までは入らず、白鬚橋からはかなり歩かなければならない。

「寺じまの記」によれば、雷門から市営バスと同じコースを北上し、現在の向島三丁目を左折、長命寺を通って墨堤通り（旧荒川堤）を隅田川沿いに白鬚橋を過ぎ、大正道路（いろは通り）に入る。

安全道路
ぬけられます

〈忽ち電車線路の踏切があって、それを越すと、車掌が、「劇場前」と呼ぶので、わたくしは燈火や彩旗《さいき》の見える片方を見返ると、絵看板の間に向嶋劇場という金文字が輝いていて、これもやはり活動小屋であった。〉

〈車はオーライスとよぶ女車掌の声と共に、動き出したかと思う間もなく、また駐って、「玉の井車庫前」と呼びながら、車掌はわたくしに目で知らせてくれた。わたくしは初め行先を聞かれて、賃銭《ちんせん》を払う時、玉の井の一番賑な処でおろしてくれるように、人前を憚《はばか》らず頼んで置いたのである。〉

〈車から降りて、わたくしはあたりを見廻した。道は同じようにうねうねしていて、行先はわからない。やはり食料品、雑貨店などの中で、薬屋が多く、次は下駄屋と水菓子屋が目につく。左側に玉の井館という寄席があって、浪花節語《なにわぶしかた》りの名を染めた幟が二、三流立っている。その鄰りに常夜燈と書いた灯《あかり》を両側に立て連ね、斜に路地の奥深く、南無妙法蓮華経の赤い提灯《ちょうちん》をつるした堂と、満願稲荷《まんがんいなり》とかいた祠《ほこら》があって、法華堂の方からカチカチカチと木魚を叩く音が聞える。

これと向合いになった車庫を見ると、さして広くもない構内のはずれに、燈影《ほかげ》の見えない二階家《にかいや》が立ちつづいていて、その下六尺ばかり、通路になった処に、「ぬけられます。」と横に書いた灯《あかり》が出してある。〉

「寺じまの記」では京成バスで行くのが便利な大正道路（いろは通り）から玉の井を紹介するが、『濹東綺譚』では平和通り（賑本通り）から物語を書き起こす。

大分その辺を歩いた後、わたくしは郵便箱の立っている路地口の煙草屋で、煙草を買い、五円札の剰銭《つり》を待っていた時である。突然、「降ってくるよ。」と叫びながら、白い上ッ張を着た男が向側のおでん屋らしい暖簾《のれん》のかげに馳け込むのを見た。つづいて割烹着《かっぽうぎ》の女や通りがかりの人がばたばた馳け出す。あたりが俄《にわか》に物気立《ものけだ》つかと見る間もなく、吹落る疾風に葭簀《よしず》や何かの倒れる音がして、紙屑と塵芥《ごみ》とが物の怪《け》のように道の上を走って行く。やがて稲妻が鋭く閃《ひらめ》き、ゆるやかな雷《らい》の響につれて、ポツリポツリと大きな雨の粒が落ちて来た。あれほど好く晴れていた夕方の天気は、いつの間にか変ってしまったのである。

玉の井はいろは通りと、賑本通りが八の字に交差した三角形の地帯が、一部と二部、賑本通りの南側と線路跡側までが三部、さらに改正道路（水戸街道）を挟んで四部、五部と分けられ、銘酒屋がてんでにひしめいていた。

「わたくし」が玉の井に初めて足を踏み入れた日、この日は夕方から雨になった。路地裏のあちこちから雨を知らせる「降ってくるよ」「降ってくるよ」の声が響き渡る。この地の人は

「雨は大嫌い。遊客が降らす金は大好き」と路地を濡下駄で駆け回る。

「わたくし」は賑本通りに面した郵便箱の立っている路口の煙草屋の前に立ち止まって思案している。この先どこへ行くべきか、帰るべきか、戸惑いながら遠くで聞こえる落雷の音を聞いている。「わたくし」は多年の習慣で、傘と風呂敷だけはいつも持って麻布の家を出る。大粒の雨が降ってきても、冷静に傘を広げればこれくらいの雨ならば何の問題もない。傘を広げ歩きはじめると——。


いきなり後方《うしろ》から、「檀那、そこまで入れてってよ。」といいさま、傘の下に真白な首を突込んだ女がある。油の匂《におい》で結ったばかりと知られる大きな潰島田《つぶし》には長目に切った銀糸《ぎんし》をかけている。わたくしは今方通りがかりに硝子戸《ガラス》を明け放した女の店のあった事を思出した。吹き荒れる風と雨とに、結立《ゆいたて》の髷にかけた銀糸の乱れるのが、いたいたしく見えたので、わたくしは傘をさし出して、「おれは洋服だからかまわない。」

実は店つづきの明い燈火に、流石のわたくしも相合傘《あいあいがさ》には少しく恐縮したのである。

「じゃ、よくって。すぐ、そこ。」と女は傘の柄につかまり、片手に浴衣《ゆかた》の裾《すそ》を思うさま巻くり上げた。

おでん

『濹東綺譚』白眉の名場面である。
真っ黒なコウモリ傘の中はツーンと甘い香りが一瞬で漂った。
ところで『濹東綺譚』が脱稿後、私家版、朝日新聞連載、岩波版単行本の順に発表されていることはよく知られている。岩波版は新聞連載時の木村荘八の挿絵と「作後贅言」を巻末に収録している。「作後贅言」は『濹東綺譚』脱稿後の十一月二日「濹東餘譚」として執筆、中央公論に「万茶亭の一夜」として掲載したものをさらに改題したものである。
私家版と朝日連載とは多少表現の異なる箇所があると岩波版旧全集「後記」に指摘しているので、この名場面の異同を引用しておこう。

（私家版）「すみません。すぐそこです。」と女は傘の柄につかまり、片手に浴衣《ゆかた》の裾《すそ》を思うさままくり上げた。

（朝日連載）「ぢや、よくつて。すぐ、そこ。」と女は傘の柄につかまり、片手に浴衣《ゆかた》の裾《すそ》を思ふさま巻くり上げた。

「すみません。すぐそこです。」よりも「ぢや、よくつて。すぐ、そこ。」のほうが、はるかに雰囲気が出ているような気がする。

大粒の雨がひっきりなしに降っている。
ドブはあふれ、鮨が大あわて
相合傘をすぼめた二人が
影絵のように路地を抜けて行く。

三

路地の真中に設けられた目隠しの板塀に広げた傘のすそが当たりカタカタと鳴り、人とすれ違うたびに傘をすぼめ、幹から落ちる雨水は背中をぬらし、ドブに流れ込む。浴衣の裾をまくった女が一歩先に走り、洋服を着た「わたくし」があとから追う。

稲妻がまたぴかりと閃き、雷がごろごろと鳴ると、女はわざとらしく「あら」と叫び、一足後《ひとあしおく》れて歩こうとするわたくしの手を取り、「早くさ。あなた。」ともう馴れ馴れしい調子である。

「いいから先へお出で。ついて行くから。」

路地へ這入ると、女は曲るたび毎に、迷わぬようにわたくしの方に振返りながら、やがて溝《どぶ》にかかった小橋をわたり、軒並一帯に葭簀《よしず》の日蔽《ひおい》をかけた家の前に立留った。

「あら、あなた。大変に濡れちまったわ。」と傘をつぼめ、自分のものよりも先に掌《てのひら》でわたくしの上着の雫《しずく》を払う。

「ここがお前の家《うち》か。」

「拭いて上げるから、寄っていらっしゃい。」

「洋服だからいいよ。」

「拭いて上げるっていうのにさ。わたしだってお礼がしたいわよ。」

「どんなお礼だ。」

「だから、まアお這入んなさい。」

雷《かみなり》の音は少し遠くなったが、雨はかえって礫《つぶて》を打つように一層激しく降りそそいで来た。軒先に掛けた日蔽の下に居ても跳上《はねあが》る飛沫《しぶき》の烈しさに、わたくしは兎や角言う暇《いとま》もなく内へ這入った。

玉の井の中心部は三角定規のような形をしており、荷風は玉の井に市営バス、京成バス、四ツ木や鐘ヶ淵方面から、東武電車の玉ノ井駅などで向かった。ほかにも市電30番で雷門から向嶋まで行き、そこから市営バスと同じ道のりを一キロほど歩いたこともあった。円タクは少ない。

玉の井の広さを実感するために、外周を歩いてみよう。起点は本来なら『濹東綺譚』に沿って寺島町五丁目バス停辺りからだろうが、分かりやすいように東向島駅からとしよう。

駅を出て高架を左手に鐘ヶ淵方向に歩くと、右手に先述したカラオケ屋が見える。この角を右に曲がると、かつての玉ノ井御殿があった。わずかに当時の石垣の残る貴重な場所だったが、マンションになってしまった。戻ってまっすぐ進むと四つ角に出る。左右が旧大正道路。右に曲がりすぐ変形五叉路の信号があるが、ここがいろは通り（大正道路）と平和通り（賑本通り）が交わるところなので覚えておこう。以前この町は薬屋がやたらに多かったようだが、いまは普通の商店街だ。

百メートルほど進むと、左手三叉路に交番があり、その手前右側には、柏木医院と八百屋の間に路地がある。ここも覚えておこう。

当時玉の井には三か所の交番があった。東武玉ノ井駅前、いろは通りと鐘ヶ淵に向かう道が交差する手前、旧白鬚線と改正道路が交わるあたりであるが、改正道路の交番は短期間で移動したという。現在のいろは通りの交番は、戦前はなかった。

ここまで東向島駅からおよそ五分ちょっと。少し進むと左手に「天下堂」という古くからあるカメラ店がある。その先は少し前までスーパーだったが、例のごとくマンションになってしまった。ここが寄席玉の井館があったところ。満願稲荷は、交番の左手の道を入ったすぐ右手にある。場所がら水子供養の祠があった。ここに荷風の筆になる玉の井の地図が看板にしてあるが、これは「地図①」の罫線を取って書き直したものだろう。

旧玉の井館の前には京成バスの車庫があったが、何の痕跡も残っていない。いろは通りの右側は旧玉の井の一部と二部、左側は外部で、住居表示も通りの右側は墨田区東向島で左側は墨田区墨田になっている。さらに百メートルほど進むと四つ角がある。左に行くと突き当たりに曹洞宗東清寺の鉄筋コンクリートの建物がある。玉の井稲荷があったところだ。右へ行くと平和通りにぶつかるまっすぐな道がある。この道の正式名称はないが、途中にかつての玉の井保険組合があったので、本書では組合通りとしておこう。

この道も後で歩くことになるが、とりあえずまだ直進すると、右手にトランクルームとある四つ角に出る。ここまで三角形の一辺を歩いてきたことになるので、ここを右に曲がる。この道を銭湯通りとしておこう。

しばらくすると急に左側の道が広くなるが、この辺りドブの跡かもしれないと思いながら進むと、すぐ道幅は元通りになり、左手に瀟洒なマンションが見える。おそらくここが、銭湯中島湯だったところだろう。ドブはここで二手に分かれたようだ。

さらに向かうと三階建てのマンション手前に右に入る路地があるが、多分この辺りが「オトメ街」だろう。「オトメ街」は私娼街のなかでも高級で、内風呂のある家もあったという。

少し進むと四つ角に出る。この左右が平和通りである。左手角には中華料理の九州亭があった。ここまでの三角形の一辺を歩くのに、ものの五分もかからない。

ここを右に曲がる。最後の三角形の一辺である。右手が一部と二部、左手が三部となる。左右に駐車場が続く。右手に青い壁の家が見えるが、この辺りが「わたくし」とお雪が初めて出会った場所になる。『濹東綺譚』白眉の場面はここから始まるのだ。

すぐ左手に天理教の建物があり、右に入る路地がある。先ほどの元玉の井稲荷に続く組合通りだ。途中左手に玉の井町会会館があるが、かつてはその斜め向かいに組合事務所があった。元に戻り、この三叉路の角には改進亭という洋食屋があった。当時この店に小林たつという女性がいた。彼女はこの家の長女で戦災後向島に移り、きよしという料亭を営んでいるというが、おそらく荷風を見かけているはずだ。

平和通りをほんの二十メートルほど進むと、左手から突き当たる三叉路がある。先ほどの市営バス停寺島五丁目から続く道だ。この道を土手通りとしておこう。この突き当たりには大正堂薬局があった。さらに進むと、左手に中華料理店があってすぐ右に入る路地がある。木村荘

すまれら

八の挿絵で自転車預り所が描かれている路地だ。ここを入ると伏見稲荷に出る。この路地の反対側には松乃湯という銭湯があった。戻ってまっすぐ進むとすぐにいろは通りの変形五叉路に出る。

今ざっと歩いた外周道路にはあちこちに内に入る路地があり、内部は複雑に入り組んでいた。前田豊は『玉の井という街があった』で次のように記している。

〈私娼街のアウトラインはほとんど商店に囲まれているので、周辺から直接ナカ（娼家）を覗くことはできない。しかし娼家へ通じる路地の出入口は周辺の道路に無数にあり、上部に一ぬけられます」の表示があるから、自然そのほうへ足を向ける仕掛けになっている。

だが、いったんこの路地へ足を踏み入れたが最後、ぬけられるどころの沙汰ではなく、狐につままれたように同じ場所をぐるぐる回らせられる結果になる。それがこの路地の特徴で、人はこれを玉の井名物ラビラント（迷宮）と呼んでいる。そして路地に足音がすると、立ち並ぶ娼家の一尺四方ぐらいの小窓の中から、女が顔をのぞかせて、まだ人の姿の見えぬうちから、堰を切ったように一斉に通路の客に呼びかける〉

さて玉の井の大まかな外周がわかったので、お雪と「わたくし」の後を追ってみよう。『濹東綺譚』では、「わたくし」と女は賑本通り（平和通り）に面しているたばこ屋の前から（先ほどの「青い壁の家」あたり）改進亭とおでん屋のある角を曲がって組合通りを進み、ドブにかかっていたコンクリートの橋を渡り切り、左へドブに沿って歩いたかもしれない。しかし〈路地

『濹東綺譚』玉の井地図

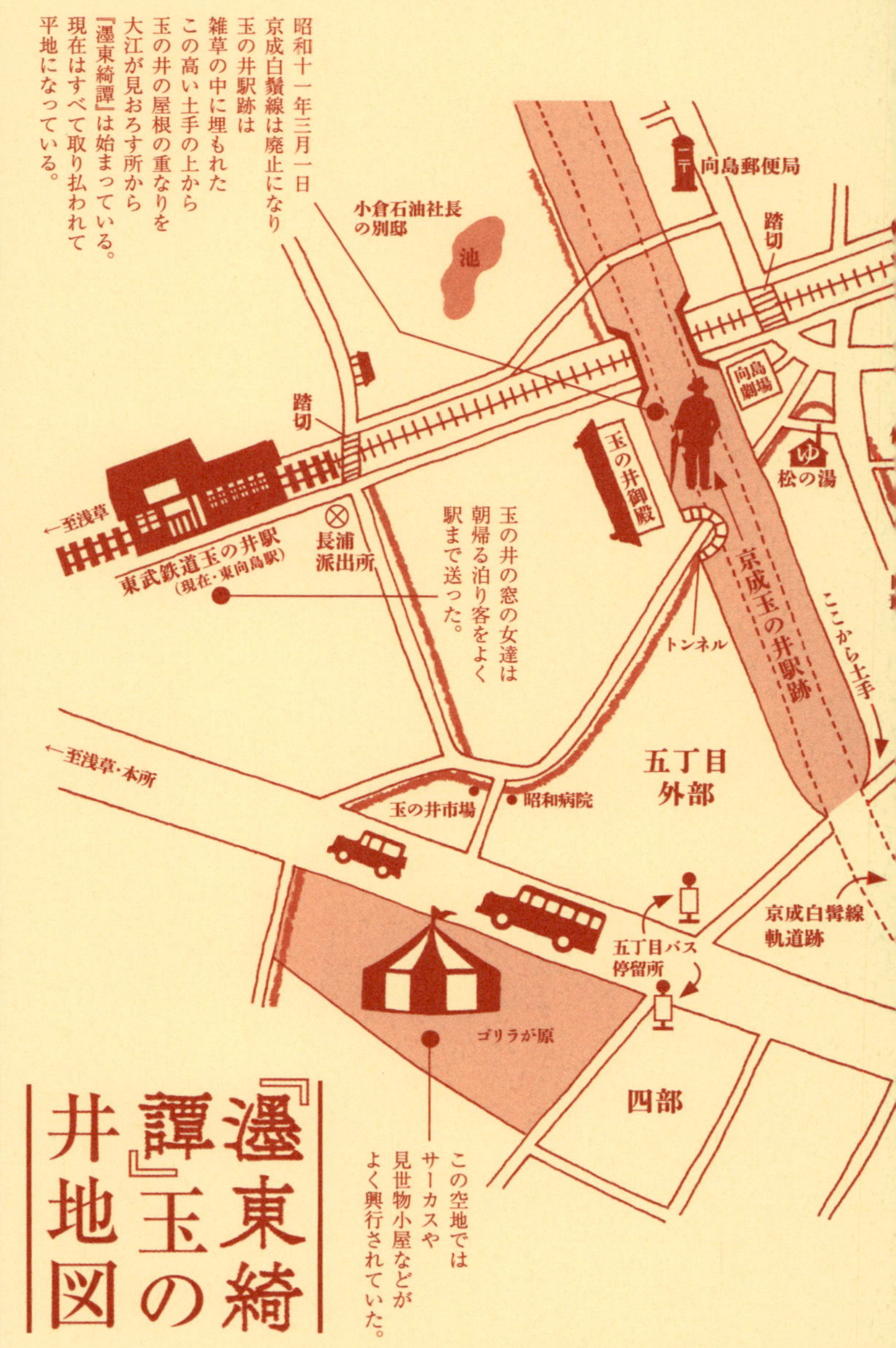

昭和十一年三月一日
京成白鬚線は廃止になり
玉の井駅跡は
雑草の中に埋もれた
この高い土手の上から
玉の井の屋根の重なりを
大江が見おろす所から
『濹東綺譚』は始まっている。
現在はすべて取り払われて
平地になっている。
向島郵便局
小倉石油社長の別邸
池
踏切
向島劇場
松の湯
玉の井御殿
←至浅草
東武鉄道玉の井駅（現在・東向島駅）
長浦派出所
玉の井の窓の女達は朝帰る泊り客をよく駅まで送った。
トンネル
京成玉の井駅跡
ここから土手
←至浅草・本所
五丁目外部
玉の井市場
昭和病院
京成白鬚線軌道跡
五丁目バス停留所
ゴリラが原
四部
この空地ではサーカスや見世物小屋などがよく興行されていた。

毎月二日と二十日に
この通りに玉の井稲荷の
縁日が出た。
玉の井の女たちにとっては
縁日の日客足が遠のく事から
貧乏稲荷と言われていた。
ドブにかかる
小さな木橋の近くに
お雪の家はあった。
願満稲荷
玉の井館
（寄席）
玉の井稲荷
東清寺
京成
バス車庫
大越
馬肉屋
ドブ
大正道路
部
り合いバス近道
板あり
大正堂薬局
玉の井派出所
玉の井
保健組合
改進亭
おてん屋
ポスト
たばこ屋
一部
中島湯
外部
支那めし
九州亭
改正道路
七丁目バス
終点
五部
安全道路
すまれらけぬ
急変の空模様
夕立になり
大江の傘の中に
お雪が飛び込んで
来たのは
この辺り。

へ這入ると、女は曲るたび毎に、迷わぬようにわたくしの方に振返りながら〉とあることから、橋まで行かずに組合通りの玉の井町会会館を左に曲がり、さらに右左と路地を曲がったか、改進亭を通り越し、大正堂薬局の先、先ほどの中華料理店の先の角を曲がり、二部の路地へ入り込んだのかもしれない。もちろん他にもあった可能性はある。

川本三郎は女の家を〈現在の東向島五丁目の二十五番地から二十七番地あたり。平和通と呼ばれる小さな商店街を水戸街道に向かって左に入った住宅地の一角にある〉(『荷風と東京』)としている。

「わたくし」は誘われるまま女の家に入った。

〈路地の両側に立並んでいる二階建の家は、表付に幾分か相違があるが、これも近寄って番地でも見ないかぎり、全く同じようである。いずれも三尺あるかなしかの開戸《ひらきど》の傍に、一尺四方位の窓が適度の高さにあけてある。適度の高さというのは、路地を歩く男の目と、窓の中の燈火《あかり》に照らされている女の顔との距離をいうのである。窓際に立寄ると、少し腰を屈《かが》めなければ、女の顔は見られないが、歩いていれば、窓の顔は四、五軒一目に見渡される。誰が考えたのか巧みな工風《くふう》である。〉(「寺じまの記」)

娼家はおおむね一軒の家にそれぞれ二つの小窓と扉がある。つまり家一軒を二人の女が使用していた。

若いころから花柳界で遊んでいた荷風、さすがに玄人女との会話はなんとも自然で無理がない。こういった初対面での会話は、むずかしいものであるが、荷風は女との微妙な距離を出しながら会話をつめていく。女のほんのちょっとの所作を荷風は美しいと感じる。「わたくし」はこの所作の生み出す異性の発信を受信しながら、上框《あがりがまち》に腰をおろす。大阪格子に下げられた鈴のついた簾がリンリンと鳴る。おそらくこの日、来客を知らせる鈴の音は雨音でかき消され、のぞき窓から濡れる薄暗い光だけがぼんやり路地を照らしていた。

荒い大阪格子を立てた中仕切へ、鈴のついたリボンの簾が下げてある。其下の上框に腰をかけて靴を脱ぐ中《うち》に女は雑巾で足をふき、端折った裾もおろさず下座敷の電燈をひねり、

「誰もいないから、お上んなさい。」

「お前一人か。」

「ええ。昨夜まで、もう一人居たのよ。住替《すみかえ》に行ったのよ。」

「お前さんが御主人かい。」

「いいえ。御主人は別の家《うち》よ。玉の井館ッて云う寄席があるでしょう。その裏に住宅があるのよ。毎晩十二時になると帳面を見にくるわ。」

「じゃアのん気だね。」わたくしはすすめられるがまま長火鉢の側に坐り、立膝して茶を

入れる女の様子を見やった。

女の灯した電球は六十ワットぐらいだろうか、薄明かりの中で、「わたくし」の視線は部屋をさっと見渡している。そこにはもう一つ酷なほど冷静な視線がある。荷風の作家的な視線、玄人女を品定めする遊びなれたオスとしての視線だ。

年は二十四五にはなっているであろう。なかなかいい容貌《きりよう》である。鼻筋の通った円顔は白粉焼《おしろいやけ》がしているが、結立《ゆいたて》の島田《しまだ》の生際《はえぎわ》もまだ抜上ってはいない。黒目勝の眼の中も曇っていず唇や歯ぐきの血色を見ても、其の健康はまださして破壊されても居ないように思われた。「この辺は井戸か水道か。」とわたくしは茶を飲む前に何気なく尋ねた。井戸の水だと答えたら、茶は飲む振りをして置く用意である。

わたくしは花柳病よりも寧《むしろ》チブスのような伝染病を恐れている。肉体的よりも夙《はや》くから精神的癈人になったわたくしの身には、花柳病の如き病勢の緩慢なものは、老後の今日、さして気にはならない。

遊びなれてはいても、用心深い荷風の性格が出ている。荷風は子どものころから胃腸が弱く、よく下痢をしていた。「下痢二条」などと『断腸亭日乗』にはよく出てくる。そうか、下痢は一条、二条と勘定するのか。

『濹東綺譚』の起稿は荷風五十七歳のとき。当時の男子の平均寿命は五十歳そこそこと短い。あと三年もすれば還暦を迎えようとする荷風にとって、どこか一抹の不安があったのだろう。金銭的には何の不安もない恵まれた作家生活ではあったが、創作欲、色欲が少しずつ減退していく。オスとしての居場所から一気に坂を下る兆候を、躰全体で感じる年齢だっただろう。


「わたし雷さまより光るのがいやなの。これじゃお湯にも行けやしない。あなた。まだいいでしょう。わたし顔だけ洗って御化粧《おしまい》してしまうから。」

女は口をゆがめて、懐紙《ふところがみ》で生際の油をふきながら、中仕切の外の壁に取りつけた洗面器の前に立った。リボンの簾越しに、両肌《もろはだ》をぬぎ、折りかがんで顔を洗う姿が見える。肌は顔よりもずっと色が白く、乳房の形で、まだ子供を持った事はないらしい。

「何だか檀那になったようだな。こうしていると。簞笥《たんす》はあるし、茶棚はあるし……。」

「何だか檀那になったようだな」というつぶやきは、二人の関係が少し縮まった感じがするし、こういった場所に馴れていなければ、両肌を脱ぎ、乳房を見せている女に向かって出ることばでない。

家の外は雨。しきりに降り続いている。「わたくし」は長火鉢の側に座り、「わたくし」の話に答えるでもなく、女は肌ぬぎのまま鏡台前に座り、「わたくし」に背を向け、毛筋棒で鬢をなおし、肩の方から白粉をつけている。

似たようなシーンが荷風三十三歳の作「妾宅」（明治四十五年）にもある。お妾が化粧をしているのを「さればいよいよ湯上りの両肌脱《りょうはだ》ぎ、家《うち》が潰《つぶ》れようが地面が裂けようが、われ関せず焉《えん》という有様、身も魂も射ち込んで鏡に向う姿に至っては、先生は全くこれこそ、日本の女の最も女らしい形容を示す時であると思うのである。」と描いて見せる。冷静な観察者の視点は、『濹東綺譚』にも受け継がれている。

「わたくし」はさりげなく女の素性を探っていく。


「長くいるのかい。」

「まだ一年と、ちょっと……。」

「この土地が初めてじゃないんだろう。芸者でもしていたのかい。」

汲みかえる水の音に、わたくしの言うことが聞えなかったのか、又は聞えない振りをしたのか、女は何とも答えず、肌ぬぎのまま、鏡台の前に坐り毛筋棒《けすき》で鬢《びん》を上げ、肩の方か

ら白粉をつけ初める。

「どこに出ていたんだ。これぱかりは隠せるものじゃない。」

「そう……でも東京じゃないわ。」

「東京のいまわりか。」

「いいえ。ずっと遠く……。」

「じゃ、満洲……。」

「宇都の宮にいたの。着物もみんなその時分のよ。これで沢山だわねえ。」と言いながら立上って、衣紋竹《えもんだけ》に掛けた裾模様の単衣物《ひとえ》に着かえ、赤い弁慶縞の伊達締《だてじめ》を大きく前で結ぶ様子は、少し大き過る潰島田《つぶし》の銀糸とつりあって、わたくしの目にはどうやら明治年間の娼妓のように見えた。

女は立ち上がって「わたくし」の近くに坐り、茶ぶ台のバットに火をつけ、「わたくし」に差し出した。

「縁起だから御祝儀《しゅうぎ》だけつけて下さいね。」と火をつけた一本を差出す。

わたくしは此の土地の遊び方をまんざら知らないのでもなかったので、

ないさすがに、ず、を引込平の手の出がらない笑と「ええ。それはおきまりの御規則通りだわ。」と笑いながら出した手の平を引込まさず、

「五十銭だね。おぶ代《だい》は。」

「ええ。それはおきまりの御規則通りだわ。」と笑いながら出した手の平を引込まさず、そのまま差伸している。

「じゃ、一時間ときめよう。」

「すみませんね。ほんとうに。」

「その代り。」と差出した手を取って引寄せ、耳元に囁《ささや》くと、

「知らないわよ。」と女は目を見張って睨《にらみ》返し、「馬鹿。」と言いさまわたくしの肩を撲《う》った。


女の暮らしているこざっぱりとした一階の座敷、二人は雨音と混じりながらテンポよく話を進めている。芝居の一場面を見ているようだ。「アラアラ大変だ。きいちゃん。鰌《どじょう》が泳いでるよ。」と黄色い声が路地をぬける。

『断腸亭日乗』に記されている「玉の井見物の記」(昭和十一年五月十六日)からは、女たちの玉の井暮らしが見えてくる。

〈前略〉先月来屢散歩し備忘のため畧図をつくり置きたり。路地内の小家は内に入りて見れば、外にて見るよりは案外清潔なり。場末の小待合と同じくらゐの汚なさなり。西洋寝台を置きたる家尠からず、二階へ水道を引きたる家もあり、また浴室を設けたる処もあり。一時間五

円を出せば女は客と共に入浴するといふ。但しこれは最も高価の女にて、並は一時間三円、一寸の間は壱円より弐円までなり。路地口におでん屋多くあり。こゝに立寄り話を聞けば、どの家の何といふ女はサービスがよいとかわるいとかいふを知るに便なり。（中略）前借は三年にて千円が通り相場なり。半年位の短期にて二三百円の女も多し。此土地にて店を出すには組合へ加入金千円を収め権利を買ふなり。されど一時にまとまりたる大金を出して権利買ふよりも、毎日金参円ヅ、を家主又は権利所有の名義人に収める方が得策なり。寝台其他一切の雑作付きにて家賃の代りに毎日参円ヅ、を収るなり。〉

「中略」の箇所は、また述べることにする。この日の日記には「地図①」が挿入され、併せて「欄外朱書」として、〈東清寺境内玉ノ井稲荷の縁日は毎月二日と二十日となり此縁日の夜は客足少なき故女達は貧乏稲荷といふ由〉〈毎日参円ヅ、出すといふは家一軒の事に非ず自前でかせぐ女が張店の窓一ツを借る場合の事なり家の主人に毎日参円ヅ、渡し前借はせず自由にかせぐ事を得る規約のありと云ふ〉とある。

この地図は、帰途銀座のきゅうべるで何枚も書き直していたという。店主の道明真治郎が〈先生は玉の井から帰られると忘れないうちにと、よく玉の井の地図をこまごまと半紙に書いておられましたが、私もその下書をいただいたことがあります。〉と述べている。（「永井荷風読本」「文芸」臨時増刊号　一九五六年）

当時、玉の井の銘酒屋で働いていた女は七、八百人、その中で髷を結っていたのは十人に一人ぐらいだった。ほとんどは着物か洋装で遊客に接していた。玉の井は小さな窓を通して女を選ぶシステムのため、路地に女が立つことは少なかったようだ。

「忘れていた。いいものがある。」とわたくしは京橋で乗換の電車をまっていた時、浅草海苔を買ったことを思い出して、それを出した。

「奥さんのお土産。」

「おれは一人なんだよ。食べるものは自分で買わなけりゃア。」

「アパートで彼女とご一緒。ほほほほほ。」

「それなら、今時分うろついちゃア居られない。雨でも雷でも、かまわず帰るさ。」

「そうねえ。」と女はいかにも尤もだというような顔をして暖くなりかけたお鍋の蓋を取り、「一緒にどう。」

「もう食べて来た。」

「じゃア。あなたは向をむいていらっしゃい」

「御飯は自分で炊くのかい。」

「住宅《すまい》の方から、お昼と夜の十二時に持って来てくれるのよ。」

「お茶を入れ直そうかね。お湯がぬるい。」

「あら。はばかりさま。ねえ。あなた。話をしながら御飯をたべるのは楽しみなものね。」

「一人ッきりの、すっぽり飯はいやだな。」

「全くよ。じゃア、ほんとにお一人、かわいそうねえ。」

「察しておくれだろう。」

「いいの、さがして上げるわ。」

女は茶漬けを二杯ばかり、何やらはしゃいだ調子で、ちゃらちゃらと茶碗の中で箸をゆすぎ、さも急しそうに皿小鉢を茶棚にしまいながらも、頤《おとがい》を動して込上げる沢庵漬のおくびを押えつけている。

戸外《そと》には人の足音と共に「ちょいとちょいと」と叫ぶ声が聞え出した。

「歇んだようだ。また近い中に出て来よう。」


女は別れ際に、三味線のバチの形に切った名刺を出した。「寺島町七丁目六十一番地（二部）安藤まさ方雪子」とある。

ここで一幕は終わる。「わたくし」の中に「お雪」という名前がきざまれる。荷風はしなやかに一夜を記しているが、読者は下りる幕を目にしながら次の二幕を待っている。

橋の上で人を待つ今日。
橋のたもとは昨日、向こう岸は明日。
隅田川の流れは止まることない、
今日という新しい流れ。

四

話は変わって、「わたくし」は小説『失踪』の続きを考えている。この章はその一節から始まっている。

種田順平は、家族との決別を決心したものの、どこか不安な気持ちを抱きながら吾妻橋の中ほどで、すみ子を待っていた。もう夜も深く、両岸の光が点々と消えて行く。

吾妻橋のまん中ごろと覚しい欄干に身を倚《よ》せ、種田順平は松屋の時計を眺めては来かかる人影に気をつけている。女給のすみ子が店をしまってからわざわざ廻り道をして来るのを待合《まちあわ》しているのである。

橋の上には円タクの外《ほか》電車もバスももう通っていなかったが、二三日前から俄《にわか》の暑さに、シャツ一枚で涼んでいるものもあり、包をかかえて帰りをいそぐ女給らしい女の往き来もまだ途絶えずにいる。種田は今夜すみ子の泊っているアパートに行き、それからゆっくり行末の目当を定めるつもりなので、行った先で、女がどうなるものやら、そんな事は更に考えもせず、又考える余裕もない。唯今日《こんにち》まで二十年の間家族のために一生を犠牲にしてしまった事が、いかにもにがにがしく、腹が立ってならないのであった。


吾妻橋は隅田川にかかる代表的な橋の一つだ。徒歩で渡れば、たもとから向こう岸までずいぶん距離がある。隅田川の川幅がいかに広いかを知ることができる。桜の季節になれば隅田川の両岸は人で一杯になる。今年も同じだ。この国のＤＮＡに、桜、川、橋と、どこか春日和には、特別な愛着を感じるようにインプットされている。現在はアサヒビールの個性的なビルの奥にはスカイツリーがそびえている。この光景は平成の代表的なＴＯＫＹＯの景観の一つだ。

四十数年前、大きなアサヒビールのマークを屋上にのせたビヤホールがあった。浅草観音様にお参りし、吾妻橋を渡り、ビヤホールをめざす人も多かった。イラストレーターとしてこの橋を、何回か描いたことがある。それだけにこの吾妻橋は物語になりやすい舞台なのだ。


「もう電車はなくなったようだぜ。」

「歩いたって、停留場三つぐらいだわ。その辺から円タクに乗りましょう。」

（中略）橋を渡り終らぬ中に流しの円タクが秋葉神社の前まで三十銭で行く事を承知した。

「すっかり変ってしまったな。電車はどこまで行くんだ。」

「向嶋の終点。秋葉さまの前よ。バスなら真直に玉の井まで行くわ。」

「玉の井——こんな方角だったかね。」

「御存じ。」

「たった一度見物に行った。五六年前だ。」

「賑《にぎやか》よ。毎晩夜店が出るし、原っぱに見世物もかかるわ。」

「そうか。」

種田は通過《とおりすぎ》る道の両側を眺めている中、自動車は早くも秋葉神社の前に来た。すみ子は戸の引手を動しながら、

「ここでいいわ。はい。」と賃銭をわたし、「そこから曲りましょう。あっちは交番があるから。」

神社の石垣について曲ると片側は花柳界の灯《あかり》がつづいている横町の突当り。俄に暗い空地の一隅に、吾妻アパートという灯が、セメント造りの四角な家の前面を照している。すみ子は引戸をあけて内《なか》に入り、室の番号をしるした下駄箱に草履をしまうので、種田も同じように履物を取り上げると、

「二階へ持って行きます。目につくから。」とすみ子は自分のスリッパーを男にはかせ、その下駄を手にさげて正面の階段を先に立って上る。

「もう電車はなくなったようだぜ。」の電車というのは、東京市電の30番。神田の須田町から向島まで、浅草を経由して運行されていた。当時は秋葉神社前を少し過ぎた向島が終点で、荷風は雨中、ここから一キロほど歩いて玉の井に行ったこともある。戦後、水戸街道と明治通りが交差する寺島町二丁目まで市電が延長された際は、この停留所は向島須崎町に変更された。

秋葉神社は進行方向右手、向島五丁目の信号脇から飲食店の並ぶ小さな参道を入った突き当たりに、今もひっそりと佇んでいる。本殿入口を右手に「石垣について曲る」とすぐ道があり、二人は神社に沿って左に向かったのだろう。この道の右手はかつての花街の雰囲気がかすかに残り、隠れ家風の鰻屋もあったりする。神社裏の路地には古いアパートも散見できる。東武電車の東向島駅から浅草寄りに一駅、曳舟駅から路地伝いに六、七分歩くと、この神社だけ緑が

濃い。

水戸街道に戻って、秋葉神社の信号を渡り、少し玉の井方向に歩くと左手に細い通りの商店街があるが、これが鳩の街通り商店街。荷風がこのあたりに出遊するのは戦後、空襲で焼け出された玉の井の私娼街がこちらに移ってきてからだった。

さて、すみ子に連れられてきたアパートも、荷風は浅草での見分を基に、場所を変えて記している。『濹東綺譚』執筆の前年、昭和十年十月二十五日の『断腸亭日乗』には〈電車にて浅草雷門に至り公園を散歩す、千束町を過る時この春一個月ばかり余が家に雇置きたる派出婦に逢ふ。松竹座向側なる浅草ハウスといふアパートに住へりといふ。誘はるままに其の室《へや》に至り茶を喫す。右隣の室はダンサァ。左隣の室にはカフェーの女給。向側は娼妓上りの妾にて夜十二時過になれば壁越しに艶めかしき物音泣声よく聞ゆと云う。日は早くも暮れかかりたれば外に出で、公園裏の大通を歩み、待乳山に登る。〉とある。

この浅草アパートの体験は、山の手育ちの荷風にとっては異文化のものであり、「失踪」の種田の相手、女給すみ子が住むアパートの下地になった。種田の墜落していく道筋にとって、この質感は情緒的にスケッチできたはずである。

畳のよごれた六畳ほどの部屋で、一方は押入、一方の壁際には箪笥《たんす》、他の壁には浴衣《ゆかた》やボイルの寝間着がぶら下げてある。すみ子は窓を明けて、「ここが涼しいわ。」と腰巻や足袋《たび》の下っている窓の下に座布団を敷いた。

「一人でこうしていれば全く気楽だな。結婚なんか全く馬鹿らしくなるわけだな。」

種田はこれまでの家族への苦々しい思いを胸に、とりあえず今晩はどうしたものかと思案に暮れる。すみ子と関係をもつつもりはないらしい。上辺は強がりを重ねながら、どこかまだふっきれない、腹を決めかねない様子が暗示されるようでもある。

「一晩や二晩、ここでもいいじゃないの。あんたさえ構わなければ。」

「おれはいいが。あんたはどうする。」と種田は眼を円くした。

「わたし。此処《ここ》に寝るわ。お隣りの君ちゃんのとこへ行ってもいいのよ。彼氏が来ていなければ。」

「あんたの処《とこ》は誰も来ないのか。」

「ええ。今のところ。だから構わないのよ。だけれど、先生を誘惑してもわるいでしょう。」

種田は笑いたいような、情ないような一種妙な顔をしたまま何とも言わない。

「立派な奥さんもお嬢さんもいらっしゃるんだし……。」

「いや、あんなもの。晩蒔《おそまき》でもこれから新生涯に入るんだ。」
「別居なさるの。」
「うむ。別居。むしろ離別さ。」

すみ子の容姿についてなんの記述もない。驚くほど、所作についてもあっさりとしたものである。

深夜であるが、すみ子のアパートの二階の他の室は人が来たりしてにぎやかだ。シーンとした畳の汚れた六帖ほどの室で、種田とすみ子は、それぞれの身上話をしながら、二人の距離は少しずつ縮まったのだろうか、それは今のところ解らない。

すみ子は誘うようで誘わない。種田も女の部屋に入ったにもかかわらず、話を続けるだけだ。種田を覆う、不思議なためらい……。

「あんたの身上話は、初めッから聞いたら、女中で僕の家《いえ》へ来るまででも大変なものだろう。それから女給になってから、まだ先があるんだからな。」
「一晩じゃ足りないかも知れないわね。」
「全く……はははは。」

一時寂《ひとしきり》としていた二階のどこやらから、男女の話声が聞え出した。炊事場では又しても水の音がしている。すみ子は真実夜通し話をするつもりと見えて、帯だけ解いて丁寧に畳み、足袋を其上に載せて押入にしまい、それから茶ぶ台の上を拭直《ふきなお》して茶を入れながら、

「わたしのこうなった訳、先生は何だと思って。」

すみ子はかつて大江が雇っていた家政婦で、浅草のカフェで女給をしていることは先に述べた。『濹東綺譚』執筆の一年近く前、昭和十年十一月、偏奇館に新しい家政婦が来た。読売新聞に広告を出して募集したものである。「目見得に来りし翌日の夜戯に袖ひきて見しに内々待ちかまえたりといふ様子にて嬉し気に身をまかせたり」という女だったが、数日でいなくなった。また舞い戻り、「捕へて倶に入浴」したりしたものの、結局二か月ほどで「使に出たるまゝ帰り来らず」。政江という名で『断腸亭日乗』に登場する。

年が明けるとすぐ、身の上話に興味をもった女を新しい家政婦として雇い入れようとしたが、結局荷風は女の作り話にだまされ、金も持ち逃げされる。「政江を弄びてより以来奇事続出」の腹立ちまみれに、例の「帰朝以来馴染を重ねたる」女性一覧を『断腸亭日乗』に記すことになる。

そんなことが直近にあったにもかかわらず、すみ子は酸いも甘いも嗅ぎ分けた女には描かれていない。種田も「捕へて倶に入浴」といった邪心を感じさせない。

払うべきを払ってくれれば
金の素性は聞かない。
夕方、気もそぞろ急坂を下る。
深夜、帰路の急坂を上る。

五

梅雨があけ、「わたくし」は机に向かっている。板塀を隔てた隣家のラジオや蓄音機の流行唄の音が耳障りで、書斎にいながら集中出来ないでいる。

ラディオの物音を避けるために、わたくしは毎年夏になると夕飯《ゆうめし》もそこそこに、或時は夕飯も外で食うように、六時を合図にして家を出ることにしている。ラディオは家を出れば聞えないというわけではない。道端の人家や商店からは一段烈しい響が放たれているのであるが、電車や自動車の響と混淆《こんこう》して、市街一般の騒音となって聞えるので、書斎に孤坐している時にくらべると、歩いている時の方が却て気にならず、余程楽である。「失踪」の草稿は梅雨があけると共にラディオに妨げられ、中絶してからもう十日あまりになった。どうやら其《その》まま感興も消え失せてしまいそうである。

当時ラジオの人気番組は浪花節で、そのテーマでもある「忠君愛国」や「義理人情」は荷風の退けるものだった。若いころは六代目朝寝坊むらくに弟子入りして三遊亭夢之助を名乗ったり、『文藝倶楽部』の三宅青軒の紹介で歌舞伎座の座付作者になったりと、落語や歌舞伎は好んだが、浪花節には徹底して背をそむけた。荷風は他にも「軍人と女学生」を嫌った。

今年の夏も、昨年また一昨年と同じように、毎日まだ日の没しない中《うち》から家を出るが、実は行くべきところ、歩むべきところが無い。神代帚葉翁《こうじろそうようおう》が生きていた頃には毎夜欠かさぬ銀座の夜涼みも、一夜《いちや》ごとに興味の加《くわわ》るほどであったのが、其人も既に世を去り、街頭の夜色にも、わたくしはもう飽果《あきは》てたような心持になっている。

神代帚葉はのちに「作後贅言」に登場する荷風の友人である。

さて偏奇館があった辺りを歩いてみよう。

何もかも当時とはすっかり変わっており、想像がつきにくいが、とにもかくにも「偏奇館跡」の碑はあり、近所に石垣や坂など、まだ多少の面影を残しているところはある。

東京メトロ南北線の六本木一丁目で下車し、地上に出て泉ガーデンのエスカレーターに乗って上へ上へと向かう。駅から出たあたりは旧箪笥町で崖下にあった。浅草で巡査に尋問された「わたくし」が名乗った住所である。気に入らないことに、エスカレーターを上りきると泉ガーデンギャラリーで、お目当てはその下の道路にあるので、一つ手前のエスカレーターで降りて階段を上らなくてはならない。

荷風が住んでいたころから、この辺りは高台の高級住宅地だった。今上ってきたエスカレーターを正面に左側、御組坂が突き当たる植え込み付近に偏奇館跡の碑が立っている。

この辺りの再開発計画が持ち上がったとき、荷風の養子に当たる永井永光は、港区役所に荷風全集を寄贈し、かつての雰囲気を残すよう要望したが、その努力のかいあってか、せめてもの碑が建てられたという（『父荷風』）。実際の敷地は、当時の地図と照らし合わせると泉ガーデンタワーのビルの端っこに引っかかって、空中に浮かんでいる感じ。泉下の荷風も足元がスースーして落ち着かないだろう。

さて、荷風が歩いたと思われる道が一部残っているので、その辺りも歩いてみよう。

六本木交差点から溜池方向に右側を五百メートルほど歩くと、左手にガソリンスタンドが見え、信号のある交差点に出る。ここは市電今井町の停留所だった。渋谷駅前から築地の近く、三原橋までを結ぶ6番。荷風がよく利用した市電である。ここを右に曲がるとなだれ坂。長垂坂とも『断腸亭日乗』にある。当時坂の右側にはずっと寺が並んでいた。左手のテレビ東京の建物に沿って坂を上ると突き当たるので左へ。すぐ首都高が高架で走る麻布通りに出る。この道は戦後作られたもので、旧麻布市兵衛町二丁目にあたり、偏奇館があった麻布市兵衛町一丁目を分断する形となっている。

この交差点を越えてまっすぐ行くと、すぐ左手に郵便局がある。この辺り高層ビル群といった感じで、高台の空も狭い。郵便局から百メートルほど進むと麻布市兵衛町ホームズのマンションがあり、その三叉路を左に曲がる。このマンションの角には、山形ホテル跡の碑があり、〈永井荷風の研究家である、評論家川本三郎は著書『荷風と東京』(平成八年、都市出版)で、荷風と山形ホテルについて一章を割いている〉とある。

偏奇館と山形ホテルは、崖一つ隔ててほぼ真向かいにあった。直線距離で百メートルほど。荷風が越してきた大正九年十一月から昭和七年ごろまで、食堂として、あるいは来客の応接間代わりに利用していた。大正六年に山形巌によって建てられたこのホテルは、〈当時の東京には帝国ホテルと、大正四年に出来た東京ステーションホテルの他は、大きなホテルはまだ数少なく、麻布の高台に出来た山形ホテルは、小さな個人ホテルとはいえ、来日する外国人でにぎわうようになった〉（『荷風と東京』）という。

三叉路を左に曲がって百メートルほど歩くと、左側に先ほどの偏奇館跡の碑がある。

高台に住む荷風が下界に下りるのは、いま辿ってきた今井町停留所に行く道の他にもいくつかあった。

偏奇館跡の碑のある通りを溜池方向に進むとスペイン坂がある。その坂の手前に並行する路地が道源寺坂で、その名の通り道源寺、西光寺を右に見ながら下りてゆくと、六本木二丁目に出る。先ほども触れたように麻布通りはまだ開通しておらず、サントリーホールのある森ビル前には、市電6番、今井町の次の停留所福吉町があった。この市電6番は、福吉町から溜池、虎ノ門、南佐久間町、田村町一丁目を経て新橋駅北口へと向かっており、荷風にとっては便利な路線だった。

昭和二年十月十三日から昭和三年三月二十四日までの約半年間、足繁く通った道もあった。当時の東久邇宮邸（現在のアークヒルズ仙石山森タワー）に沿って旧我善坊町から今の桜田通りに下ると、東京メトロ神谷町近くの旧西久保八幡町となる。その西久保八幡神社の鳥居前に壺屋という菓子屋があり、荷風はその裏手の小家を借りて壺中庵と名付け、関根歌という女を囲った。例の女性一覧では十三番目に当たる。

壺中庵は壺屋と壺中天をかけあわせたものだろう。壺中天は、一つの限られた空間の中に全宇宙が存在するという意味。壺の中に竜宮城がある感じで、酒を飲んで俗世間を忘れる楽しみを言った。愛妾と仙境に遊ぶというのは、いかにも荷風らしい。

『断腸亭日乗』（昭和二年十月十六日）で荷風は「壺中庵記」なる艶めかしい一文を作り、一人ほくそえんでいる。〈（中略）夜の雨に帰りそびれては、一つ衾の長枕に巫山《ふざん》の夢をむすび、日は物干の三竿に上りても、雨戸一枚、屛風六曲のかげには、不断の宵闇ありて、尽きせぬ戯れのやりつづけも、誰憚《はばか》らぬこのかくれ家こそ、実に世上の人の窺ひ知らざる壺中の天地なれと、独り喜悦の笑みをもらす主人は、抑《そもそも》何人ぞや。昭和の卯《う》のとしも秋の末つ方、ここに自らこの記をつくる荷風散人なりけらし。〉

偏奇館の敷地は約百坪。『濹東綺譚』構想中の昭和十一年五月、それまで借地だったのを五千円（二十年年賦）で買い入れた。当時の一円が現在の三千円とすると、約千五百万円。高級住宅地も案外安かった。

偏奇館は東久邇宮邸から御門坂を上った突き当たりにあって、門を入ると総二階建てで縦長の家が建っていた。荷風の養子永井永光は、「玄関を入ってすぐ左手がよく写真に出ている洋間で、二階に上る階段が、玄関のすぐ脇にあったと思います。二階は上がったことがありませんが、蔵書がおいてあったりしたのだろうと思います」（『父荷風』）と証言している。

建物の右手奥には勝手口があり、〈勝手口から入ると台所があり、その隣が風呂場です。その風呂場の向かい、洋間の裏手にあたるところに女中部屋がありました。風呂場のあるほうの隣の敷地には、フロイドル・スペルゲルという外国人が住んでいました〉（『同』）。女中部屋は偏奇館唯一の畳敷きで、先に述べた政江が出て行ってからは、荷風は女中部屋に布団を敷いて寝起きしていたという。万年床で、電話帳を枕代わりにしていたそうだ。

一階の洋間のある側が崖になっており、二階の寝室もしくは書斎の窓からは、現在の飯倉片町方面が見渡せたはずだ。荷風は起伏に富んだこの地形がもたらす景観を日頃から楽しんだ。はる、なつ、あき、ふゆの変化は、荷風ならではの情緒化された文章の中にもたびたび生かされている。

偏奇館から六本木通りに出て市電に乗るには、どちらにせよ長い坂を下らねばならない。下るも大変、上るも大変、昭和二十年三月十日の東京大空襲で偏奇館が焼け落ちるまで二十五年間、荷風はこれらの急坂を毎日のように上り下りして、あちこちに出かけた。

わたくしは散策の方面を隅田河の東に替え、溝際《どぶぎわ》の家に住んでいるお雪という女をたずねて憩《やす》むことにした。

四五日つづけて同じ道を往復すると、麻布《あざぶ》からの遠道も初めに比べると、だんだん苦にならないようになる。京橋と雷門《かみなりもん》との乗替も、習慣になると意識よりも身体《からだ》の方が先に動いてくれるので、さほど煩《わずら》わしいとも思わないようになる。乗客の雑沓《ざっとう》する時間や線路が、日によって違うことも明《あきら》かになるので、之を避けさえすれば、遠道だけにゆっくり本を読みながら行くことも出来るようになる。

電車の内《なか》での読書は、大正九年の頃老眼鏡を掛けるようになってから全く廃せられていたが、雷門までの遠道を往復するようになって再び之を行うことにした。然し新聞も雑誌も新刊書も、手にする習慣がないので、わたくしは初めての出掛けには、手に触れるがまま依田学海《よだがくかい》の墨水二十四景を携えて行った。

「京橋で乗換」はほかにも出てくるが、新橋の思い違いかもしれない。新橋浅草間の地下鉄は、『濹東綺譚』が執筆される二年ほど前の昭和九年六月二十一日にはすでに開通しており、そもそも市電6番は京橋までは行かず、浅草に行くためには新橋から地下鉄に乗った方がはるかに便利で、実際荷風もそうしていた。また偏奇館から別の坂を下りたところ、例えば壺中庵近くの神谷町あたりの停留所からも、飯倉片町からも、直接京橋を通る市電はない。また地下鉄の暗い車内で、五十七歳の老人が依田学海を読むというのも、多少誇張の感があるのは否めない。

現在ならば東向島へは、泉ガーデンのエスカレーターで下り、東京メトロ南北線六本木一丁目から永田町へ行き、半蔵門線急行（久喜行）に乗り換えて曳舟駅へ、さらに東武スカイツリーラインの普通電車に乗り換えて一駅だ。

わたくしは三日目ぐらいには散歩の途すがら食料品を買わねばならない。わたくしは其ついでに、女に贈る土産物をも買った。此事が往訪すること僅に四五回にして、二重の効果を収めた。

いつも鑵詰《かんづめ》ばかり買うのみならず、シャツや上着もボタンの取れたのを着ているのを見て、女はいよいよわたくしをアパート住いの独者《ひとりもの》と推定したのである。独身ならば毎夜のように遊びに行っても一向不審はないと云う事になる。

手土産のおかげで、お雪は上機嫌になった。あとは「わたくし」の金の出どころについて疑われないかが心配である。だが日陰に住む女にとってそれはどうでもいいこと、その晩払うものさえ払ってくれれば、他のことはどうでもいいという調子だった。

「こんな処《とこ》でも、遣《つか》う人は随分遣うわよ。まる一ト月居続けしたお客があったわ。」

「へえ。」とわたくしは驚き、「警察へ届けなくってもいいのか。吉原なんかだとじき届けると云う話じゃないか。」

「この土地でも、家《うち》によっちゃアするかも知れないわ。」

「居続したお客は何だった。泥棒か。」

「呉服屋さんだったわ。とうとう店の檀那《だんな》が来て連れて行ったわ。」

「勘定の持逃げだね。」

「そうでしょう。」

「おれは大丈夫だよ。其方《そのほう》は。」と言ったが、女はどちらでも構わないという顔をして聞返しもしなかった。

「わたくし」はこんな感じでさりげなく聞いて回る。

さて家の内部はどうなっているのだろうか。「寺じまの記」にはこうある。

〈家一軒について窓は二ツ。出入《でいり》の戸もまた二ツある。女一人について窓と戸が一ツずつあるわけである。窓の戸はその内側が鏡になっていて、羽目《はめ》の高い処に小さな縁起棚《えんぎだな》が設けてある。壁際につッた別の棚には化粧道具や絵葉書、人形などが置かれ、一輪ざしの花瓶《はないけ》には花がさしてある。〉

〈上框《あがりかまち》の板の間に上ると、中仕切《なかしき》りの障子《しょうじ》に、赤い布片《きれ》を紐《ひも》のように細く切り、その先へ重りの鈴をつけた納簾《のれん》のようなものが一面にさげてある。女はスリッパアを揃え直して、わたくしを迎え、納簾の紐を分けて二階へ案内する。わたくしは梯子段《はしごだん》を上りかけた時、そっと奥の間をのぞいて見ると、箪笥《たんす》、茶《ちゃ》ぶ台《だい》、鏡台、長火鉢、三味線掛などの据置かれた様子。さほど貧苦の家とも見えず、またそれほど取散らされてもいない。二階は三畳の間が二間、四畳半が一間、それから八畳か十畳ほどの広い座敷には、寝台《ねだい》、椅子《いす》、卓子《テーブル》を据え、壁には壁紙、窓には窓掛、畳には敷物を敷き、天井の電燈にも装飾を施し、テーブルの上にはマッチ灰皿の外《ほか》に、『スタア』という雑誌のよごれたのが一冊載せてあった。〉

おや、荷風の嫌いな映画雑誌が置いてある。ともあれお雪の家も似たような作りだろう。

二階の襖《ふすま》に半紙四ツ切程の大きさに複刻した浮世絵の美人画が張交《はりまぜ》にしてある。その中には歌麻呂の鮑《あわび》取り、豊信《とよのぶ》の入浴美女など、曾《かつ》てわたくしが雑誌此花《このはな》の挿絵《さしえ》で見覚えているものもあった。北斎の三冊本、福徳和合人の中から、男の姿を取り去り、女の方ばかりを残したものもあったので、わたくしは委《くわ》しくこの書の説明をした。それから又、お雪がお客と共に二階へ上っている間、わたくしは下の一ト間で手帳へ何か書いていたのを、ちらと見て、てっきり秘密の出版を業とする男だと思ったらしく、こん度来る時そういう本を一冊持って来てくれと言出した。

家には二三十年前に集めたものの残りがあったので、請われるまま三四冊一度に持って行った。ここに至って、わたくしの職業は言わず語らず、それと決められたのみならず、悪銭の出処《でどころ》もおのずから明瞭になったらしい。すると女の態度は一層打解けて、全く客扱いをしないようになった。

この、襖に浮世絵の美人画を張交ぜにする趣向は、おそらくお雪の家にあったものではなく、荷風の体験を入れ込んだものだろう。前に述べた壺中庵に囲った関根歌の懇願で、荷風は麴町三番町十番地に「幾代」という待合を持たせた。「行くよ」の洒落だという。折を見て荷風は枕屛風に春画を張交ぜしたり、覗き見用の穴を開けたりしていた。襖と枕屛風の違いはあるが、襖の破れ跡の補修を見て、ふと数年前を思い起こしたのかもしれない。「幾代」は荷風が少年時代を過ごした家とは目と鼻の先。靖国神社南門の近く、どちらも今はない。

歌麻呂の鮑取りは、シカゴ美術館蔵にある三枚続きの海女の裸体画。豊信の入浴美女は何枚もあるので特定しにくい。荷風は自らの浮世絵鑑賞を著した「江戸芸術論」（大正九年）で〈歌麿以前既に石川豊信鳥居清満鈴木春信磯田湖龍斎の諸家いづれも入浴若しくは海女の図によりて婦女の裸体を描きたり。然れども皆写生に遠し。〉と述べている。北斎の福徳和合人はよく

わからない。
お雪は「わたくし」が、春画や艶本など、秘密出版をする男だと勘違いした。それはそれで都合がいい。客が全く客扱いされなくなったことは、二人の間にやわらかな情の生まれた瞬間でもあった。

日蔭に住む女達が世を忍ぶ後暗い男に対する時、恐れもせず嫌いもせず、必ず親密と愛憐との心を起す事は、夥多《かた》の実例に徴して深く説明するにも及ぶまい。鴨川《かもがわ》の芸妓は幕吏に追われる志士を救い、寒駅の酌婦は関所破りの博徒に旅費を恵むことを辞さなかった。トスカは逃竄《とうざん》の貧士に食を与え、三千歳《みちとせ》は無頓漢に恋愛の心情を捧げて悔いなかった。

「鴨川の芸妓」は新撰組の追手から桂小五郎を匿った幾松、「寒駅の酌婦」は国定忠治の愛妾お町、「三千歳」は無頼漢片岡直次郎と雪の夜に忍び逢う遊女を指しているのだろう。「トスカ」は画家カヴァラドッシと悲劇的な恋に陥る歌姫。「オレはこんなにモテるんだ」ということを、こんなふうに言うところが荷風ならではの筆の技だ。ついでながら、「新撰組」も「国定忠治」も「直侍」も、荷風が嫌いな浪花節で語られている。これまたついでながら、荷風は桂小五郎、明治維新後に政府重鎮となる木戸孝允などの、長州藩の連中は嫌いだったのでは？

それはともかく、お雪とは打ち解けた仲になったし、金の出どころも心配されていない。どうやら秘密出版に携わる独り者として通っている。「わたくし」がただ憂慮するのは、玉の井界隈や東武電車で同業の文学者や新聞記者と出会わないようにすることだった。

ただ独恐る可きは操觚の士である。十余年前銀座の表通に頻にカフェーが出来はじめた頃、此に酔を買った事から、新聞と云う新聞は挙ってわたくしを筆誅した。昭和四年の四月「文藝春秋」という雑誌は、世に「生存させて置いてはならない」人間としてわたくしを攻撃した。其文中には「処女誘拐」というが如き文字をも使用した所を見るとわたくしを陥れて犯法の罪人たらしめようとしたものかも知れない。彼等はわたくしが夜窃に墨水をわたって東に遊ぶ事を探知したなら、更に何事を企図するか測りがたい。これ真に恐る可きである。

昭和四年三月二十七日の『断腸亭日乗』には、〈是日偶然文藝春秋と称する雑誌を見る。余の事に関する記事あり。余の名声と富貴とを羨み陋劣なる文字を連ねて人身攻撃をなせるなり。文藝春秋は菊池寛の編輯するものなれば彼の記事も思ふに菊地の執筆せしものなるべし。〉とある。

荷風と菊池寛の気質は水と油。菊池寛は京都大学卒業後、時事新報の記者を経て大正十二年に「文藝春秋」を創刊して大成功を収め、日本文藝家協会を設立。自らも作家として活躍しながら、芥川賞、直木賞を設立し、「文壇の大御所」として若い新進の作家を世に出し、また援助も惜しまなかった。この記事以来、繊細な荷風、大胆な菊地、二人の溝は埋まることはなかった。

だが用心しながらも、「わたくし」は玉の井通いをやめようとしない。

毎夜電車の乗降りのみならず、この里へ入込んでからも、夜店の賑う表通は言うまでもない。路地の小径も人の多い時には、前後左右に気を配って歩かなければならない。この心持は「失踪」の主人公種田順平が世をしのぶ境遇を描写するには必須の実験であろう。

荷風は『失踪』で種田順平の明日をどうするのだろうか、女給すみ子と情を深めていくのだろうか。

東向島に着いたとき、駅前のまさに昭和という感じのレトロな中華料理店で工員さんと相席でタン麺を食べた。工員の山もりのご飯は気持ちよく減っていく。六本木一丁目から所要時間四十二分後のことだった。

菊池寛編輯
文藝春秋
四月特別號
文藝春秋社發行

電車の線路が延びる。
乗り合いバスの道が新しくできる。
オスが大勢やってくる。
メスが華になる、場末の色街。

六

わたくしの忍んで通う溝際《どぶぎわ》の家が寺島町七丁目六十何番地に在ることは既に識《しる》した。この番地のあたりはこの盛場では西北の隅《すみ》に寄ったところで、目貫《めぬき》の場所ではない。仮に之を北里に譬《たと》えて見たら、京町《きょうまち》一丁目も西河岸《がし》に近いはずれとでも言うべきものであろう。

もう一度、玉の井の様子を確認してみよう。「寺しまの記」には、お雪とは別と思われる女との様子が記されている。

「町の名はやっぱり寺嶋町《てらじままち》か。」

「そう。七丁目だよ。一部に二部はみんな七丁目だよ。」

「何だい。一部だの二部だのッていうのは。何かちがう処があるのか。」

「同じさ。だけれどそういうのよ。改正道路の向へ行くと四部も五部もあるよ。」

「六部も七部もあるのか。」

「そんなにはない。」

「昼間は何をしている。」

「四時から店を張るよ。昼間は静だから入らっしゃいよ。」

「休む日はないのか。」

「月に二度公休するわ。」

「どこへ遊びに行く。浅草だろう。大抵。」

「そう。能《よ》く行くわ。だけれど、大抵近所の活動にするわ。同《おん》なじだもの。」

「お前、家《うち》は北海道じゃないか。」

「あら。どうして知ってなさる。小樽だ。」

「それはわかるよ。もう長くいるのか。」

「ここはこの春から。」

「じゃ、その前はどこにいた。」

「亀戸《かめいど》にいたんだけど、母《かア》さんが病気で、お金が入《い》るからね。こっちへ変った。」

「どの位借りてるんだ。」

「千円で四年だよ。」

「これから四年かい。大変だな。」

「もう一人の人なんか、もっと長くいるよ。」

「そうか。」

下で呼鈴《よびりん》を鳴す音がしたので、わたくしは椅子を立ち、バスへ乗る近道をききながら下へ降りた。


お雪の家のあったところは、「七丁目六十何番地」と荷風は記している。「わたくし」がもらった名刺には「寺島町七丁目六十一番地（二部）安藤まさ方雪子」ともある。前に玉の井の外側を一周したが、いろは通り、平和通り、および組合通りに囲まれた小さい三角形の場所が「二部」にあたる。『断腸亭日乗』にある「地図①」、岩波旧全集の九巻口絵の「地図②」、小針美男が作成した「地図④」にはところどころに地番も記してあるので、この三種類の地図、お

よび『濹東綺譚』にある木村荘八の挿絵（「地図③」）や日比恆明の住宅地図を基に再現した「地図⑥」を見ながら、現在の場所と照合してみよう。川本三郎が〈現在の東向島五丁目の二十五番地から二十七番地あたり〉と記していることも先述した。

「地図①」の欄外には「魔窟路地ノ内ハ迷宮ナリ地図ノ作リ難シ」との注が書かれており、「地図②」同様、特にドブ沿いの路地は省略されている。これが多くの荷風ファンが何度も試みようとして果たせなかった、お雪の家探しの頭痛の種になっているわけだ。

先述した「玉の井見物の記」（昭和十一年五月十六日）で「中略」とした箇所は、おでん屋での私娼評判記の中身である。「七丁目四十八番地高橋方まり子といふは生れつき淫乱にて若いお客は驚いて逃げ出すなり。七丁目七十三番地田中方ゆかりと云ふは先月亀井戸より住替に来りし女にて、尺八専門なり。七丁目五十七番地千里方智慧子といふは泣く評判あり。曲取の名人なり。七丁目五十四番地工藤方妙子は芸者風の美人にて部屋に鏡を二枚かけ置き、覗かせる仕掛をなす。」

高橋、田中、千里、工藤の家は「地図②」にも載っている。しつこいようだが、水戸街道を背にして、いろは通り、銭湯通り、平和通り、組合通りで囲った台形の中は一部となり、いろは通り、組合通り、平和通りで囲った三角形は二部となる。

一部は七丁目の四十七番地から五十一番地までが、二部は七丁目六十八番地、七十一番地、七十二番地が「地図②」に記入されている。七十一番地は改進亭周辺、七十二番地は玉の井町会会館付近、七十三番地田中方ゆかりの家もすぐ近くだが、「地図②」では七十二番地になっている。

「地図②」で六十番地代は、いろは通りの平和通りと交わる地点辺りから、京成バス車庫辺りの裏まで、六十七番地が二軒記されており、木村荘八の「地図③」では、平和通り沿いのこの一角のみ「62」という数字が書かれている。

ドブはどうなっていただろう。「地図③」では、現在の白鬚橋より上流、白鬚公園辺りから流れてきた水路が、いろは通りと平和通りが交わる交差点辺りで二つに分かれ、一本は土手跡へと向かい、もう一本はいろは通りに沿って二部と一部を貫き銭湯通りで右に折れ、中島湯で水戸街道方面に二つに分かれたようだ。「地図④」では、銭湯通りの中島湯辺りでの分岐はない。「地図⑤」「地図⑥」は京成バス車庫裏の流れが現在の裏道と似ている。

こうしてみると、もしこれらの地図が正しいとするならば、お目当てのお雪の家は、いろは通りの交番手前にある「柏木医院と八百屋の間」を入った路地裏周辺にあると思ってまず間違いないだろう。事実「地図④」はそのように断定している。

この路地に入ってみよう。当時は入ると二十メートルほどの右手に小さな伏見稲荷があった。ここは「地図①」「地図④」には「七ノ六八」とある。「地図①」欄外に詳細図があり、伏見稲荷でまず路地は二手に分かれ、現在は住宅地の間、人一人がやっと通れる通路をまっすぐ行けば平和通りに突き当たる。

左へカーブするほうの道を進む。おそらくこのいろは通りと並行する路地は、かつてのドブか、ドブ沿いの道だったのかもしれない。すぐ三十メートルほどで突き当たるが、そのちょっと手前に左に行く路地があり、京成バス車庫裏に続いていた道のようだ。『断腸亭日乗』(昭和十一年四月二十四日)には、「玉の井路地真景」と題し、車庫裏からのスケッチが挿入されている。「寺嶋町七丁目七二番地　京成バス車庫裏ヨリ入ル大溝ヨリ向一帯　玉の井盛場ナリ」とある。

さてこの突き当たりを右へ行けば、右左と曲がって平和通りに出るが、ここを左に折れてすぐ右に入ると、これもいろは通りに並行した路地で、やはりドブか、ドブに沿いの道だったのだろう。この路地も五十メートルほどで組合通りに出る。木村版「地図③」や前田版「地図⑤」、日比版「地図⑥」で描かれているドブの位置と似ている。この路地も後ほどまた登場する。

京成バス車庫裏を下るとドブを渡る橋があり、ドブに沿って両側に細い道が続いていた。橋は伏見稲荷の前にもかかっていた。車庫裏から橋を渡ると「ぬけられます」の看板があり、まっすぐ行くと平和通りに出る。平和通りには「乗合バス近道」の看板もあった。

荷風は「大溝」と書いているが、幅一～二メートルあり、吉原に倣って「お歯黒ドブ」ともいわれていた。この大きなドブに注ぎこむ小さなドブは、それこそ無数にあった。

奉納
伏見稲荷大明
荷大明神

問題はドブが比較的直線だったのか、曲がっていたのかだ。どの地図もドブについては、殊にお雪の娼家と思われる辺りはあいまいで、それによって位置も変わってくる。本書地図では、現在の路地をドブ跡とした。

現在では下水道も完備され、ごく普通の生活感のある下町である。玉の井のドブは消え、設置されたマンホールの鉄蓋が点々と路地に続き、玉の井の面影を教えてくれる。何度も路地を歩いたのだが、住民のプライベートな生活環境を覗くことになり、失礼すぎるので大雑把な足取りでお雪の住んでいたであろう辺りを中心に往復した。この手の「お雪巡り」がうろうろするので、さぞかし住民は迷惑なことだろう。

さて「わたくし」は、この章で玉の井の生い立ちや町の盛衰について、「通めかして」触れている。

大正七八年の頃、浅草観音堂裏手の境内が狭《せば》められ、広い道路が開かれるに際して、むかしから其辺に櫛比《しっぴ》していた楊弓場《ようきゅうば》銘酒屋のたぐいが悉《ことごと》く取払いを命ぜられ、現在《いま》でも京成バスの往復している大正道路の両側に処定めず店を移した。つづいて伝法院の横手や江川《えがわ》玉乗りの裏あたりからも追われて来るものが引きも切らず、大正道路は殆《ほとん》ど軒並銘酒屋になってしまい、通行人は白昼でも袖《そで》を引かれ帽子を奪われるようになったので、警察署の取締りが厳しくなり、車の通る表通から路地の内へと引込ませられた。浅草の旧地では凌雲閣《りょううんかく》の裏手から公園の北側千束町の路地に在ったものが、手を尽して居残りの策を講じていたが、それも大正十二年の震災のために中絶し、一時悉くこの方面へ逃げて来た。市街再建の後西見番《にしけんばん》と称する芸者家組合をつくり転業したものもあったが、この土地の繁栄はますます盛になり遂に今日の如き半ば永久的な状況を呈するに至った。初め市中との交通は白髯橋《しらひげばし》の方面一筋だけであったので、去年京成電車が運転を廃止する頃までは其停留場に近いところが一番賑《にぎやか》であった。

然るに昭和五年の春都市復興祭の執行せられた頃、吾妻橋から寺島町に至る一直線の道路が開かれ、市内電車は秋葉神社前まで、市営バスの往復は更に延長して寺島町七丁目のはずれに車庫を設けるようになった。それと共に東武鉄道会社が盛場の西南に玉の井駅を設け、夜も十二時まで雷門から六銭で人を載せて来るに及び、町の形勢は裏と表と、全く一変するようになった。今まで一番わかりにくかった路地が、一番入り易くなった代り、以前目貫といわれた処が、今では端《はず》れになったのであるがそれでも銀行、郵便局、湯屋、寄席《よせ》、活動写真館、玉の井稲荷《いなり》の如きは、いずれも以前のまま大正道路に残っていて、俚俗《りぞく》広小路、又は改正道路と呼ばれる新しい道には、円タクの輻湊《ふくそう》と、夜店の賑いとを見るばかりで、巡査の派出所も共同便所もない。このような辺鄙《へんぴ》な新開町に在ってすら、時勢に伴う盛衰の変は免れないのであった。況《いわん》や人の一生に於いてをや。

町は交通機関によって、流行り廃りがでてくる。銘酒屋街としての玉の井は、当初いろは通りが栄えていたが、東武電車や京成白鬚線の開通、水戸街道の整備によって、賑本通り（平和通り）のほうがそれこそ賑わうようになった。「わたくし」もお雪の家に行くときは、現在の柏木医院と八百屋の間からではなく、平和通りの方から伏見稲荷を過ぎて行ったようだ。

明治二十二（一八八九）年に浅草十二階凌雲閣が落成した。多くの見物客をあてに銘酒屋が点在するようになる。飲み屋風の店先を装いながら、実際には女給が客を引くのが目的だった。大正になり全盛期には九百軒になり、女給は千七百人もなったという。

大正十二（一九二三）年九月の関東大震災で浅草一帯は壊滅的被害を受け、そこで移転先として選ばれたのが玉の井であった。玉の井はまだまだ田園が広がったのどかな風光明媚な地だった。浅草で営業していた銘酒屋の多くが移転し、道や下水道などインフラが整わないうちに田圃を埋め立て、畦道に沿って銘酒屋がめいめいの懐具合に合わせ建てられたため、無計画に密集した迷路のような入り組んだ一帯になった。

江川の玉乗りが出てくる。これは浅草大盛館で常打ちされていた曲芸だったが、荷風が浅草に出遊し出したころは、当時流行の安来節なども取り混ぜた軽演劇を中心に興行していた。

ぬけられます
おでん

わたくしがふと心易くなった溝際の家……お雪という女の住む家が、この土地では大正開拓期の盛時を想起《おもいおこ》させる一隅に在ったのも、わたくしの如き時運に取り残された身には、何やら深い因縁があったように思われる。其家は大正道路から唯《と》ある路地に入り、汚れた幟《のぼり》の立っている伏見稲荷の前を過ぎ、溝に沿うて、猶《なお》奥深く入り込んだ処に在るので、表通のラディオや蓄音機の響も素見客《ひやかし》の足音に消されてよくは聞えない。夏の夜、わたくしがラディオのひびきを避けるにはこれほど適した安息処は他にはあるまい。

場所も家も気に入ったが、何よりお雪という女が気に入った。

『断腸亭日乗』（昭和十一年九月七日）には、お雪の家の間取り図が記入されている。この見取り図を見るかぎり、木村荘八の描いた挿絵とはかなり違うようだ。荘八は荘八で取材し、お雪の家をデザインしたのだろう。

荷風の手による見取り図は、家の前は路地で、一階には左右に二つの飾り窓がある。その両サイド隅に右に便所、左に洗面台がある。便所には病気予防の消毒薬が置いてあった。遊客を迎える戸内は畳一帖ほどの土間になっていて、上框と廊下を兼ねた板の間、右が二階へ上る階段で、障子戸で仕切られた八帖ほどの茶の間になる。階段下は押入れで、左の壁には茶箪笥、三味線箱、箪笥と順に並んでいる。和室の中央に長火鉢、その横に小さなテーブル。「わたくし」はいつもここに座る。
二階に上ると二帖ほどの上がり小口の板の間があり、三つの部屋がある、四帖半の和室、中窓をもつ二室、右が茶ぶ台が真中にある引付の三帖間、左がベッドの六帖間、いずれも狭いのだが玉の井では普通だったのだろう。

一体この盛場では、組合の規則で女が窓に坐る午後四時から蓄音機やラディオを禁じ、また三味線をも弾《ひ》かせないと云う事で。雨のしとしとと降る晩など、ふけるにつれて、ちょいとちょいとの声も途絶えがちになると、家の内外《うちそと》に群《むらが》り鳴く蚊の声が耳立って、いかにも場末の裏町らしい侘《わび》しさが感じられて来る。それも昭和現代の陋巷《ろうこう》ではなくして、鶴屋南北の狂言などから感じられる過去の世の裏淋しい情味である。

木村荘八は、自身も玉の井の取材を重ねたが、朝日新聞の連載が始まる前からはきぬ夫人の助力に負うところが多かった。挿絵は夫唱婦随の賜物ともいえる。
〈当時私よりも亦一層彼女はその時の絵の仕事に熱を上げて、多分彼女は百回以上原稿を読んだことでせう。そして毎日、真昼の中に玉の井を実地踏査して来て、日くれに僕と連絡しては、第何回の何は、何処。何番地はどこの横町をどう曲って、……といふ報告を取り交はします。それに従って私は又夜毎、嚢中を探るやうに、材料の土地を写すことが出来ましたから、この大物との取組も、どうやら失態なしに済んだと思っております。亡妻があったので、初めて私に出来た仕事であります。〉（木村荘八「濹東新景」『現代風俗帖』）
父は牛鍋屋チェーン「いろは」を営んでおり、荘八は妾腹の八男。兄弟姉妹が三十人いたという。「いろは」の倅が「いろは通り」を訪ねていたことになる。

いつも島田か丸髷《まるまげ》にしか結っていないお雪の姿と、溝の汚さと、蚊の鳴声《なくこえ》とはわたくしの感覚を著しく刺戟《しげき》し、三四十年むかしに消え去った過去の幻影を再現させてくれるのである。わたくしはこの果敢《はかな》くも怪し気なる幻影の紹介者に対して出来得ることならあからさまに感謝の言葉を述べたい。お雪さんは南北の狂言を演じる俳優よりも、蘭蝶《らんちょう》を語る鶴賀なにがしよりも、過去を呼返す力に於ては一層巧妙なる無言の芸術家であった。

二階の中窓の敷居に腰掛けた、お雪と思われる写真が残っている（秋庭太郎『荷風外伝』）。〈お雪の実名はお里であったとは、酒泉空庵氏の説であるが、お雪は庭後時代の籾山の狎妓であった六花から名付けたのではあるまいか。六花は雪の異称である。〉（秋庭太郎『永井荷風伝』）

ともあり、実在の人物ながら、小説では玉の井の他の女たちを綯い交ぜにしたものだろう。籾山庭後は荷風と長く深い親交を重ねていたが、『濹東綺譚』執筆当時は絶交していた。

酒泉空庵（健夫。歯科医）は銀座七丁目にあった「きゅうぺる」の常連の一人。荷風ともウマがあったようで、前述したきゅうぺる店主の道明真治郎「濹東綺譚が書かれた頃」によれば、フランス文学者の高橋邦太郎、松竹少女歌劇団の安東英男、早稲田大学教授の杉野橘太郎、劇作家の竹下英一、万朝報記者の樋田行雄、建築家の万本定雄らと夜毎談笑を重ねていたという。

秋庭太郎によれば、この写真は玉の井で知り合った、雑誌「糧友」の編集に携わる渡邊京一に贈ったものだという。浅草に限らず玉の井でも荷風は警官に怪しまれ、その後何度か渡邊は荷風に呼び出されて同行したそうだ。写真は荷風もしくは渡邊撮影によるもので、『荷風外伝』では秋庭の配慮で目線を覆ってある。

このお雪、私はいつか拡大して、黒目がちの目を描いてみようと思っている。

その夜お雪さんは急に歯が痛くなって、今しがた窓際から引込んで寝たばかりのところだと言いながら蚊帳から這《は》い出したが、坐る場処がないので、わたくしと並んで上框《あがりがまち》へ腰をかけた。

「いつもより晩《おそ》いじゃないのさ。あんまり、待たせるもんじゃないよ。」

女の言葉遣いはその態度と共に、わたくしの商売が世間を憚るものと推定せられてから、狎昵《こうじつ》の境《さかい》を越えて寧放濫《むしろほうらん》に走る嫌いがあった。

「それはすまなかった。虫歯か。」

「急に痛くなったの。目がまわりそうだったわ。腫《は》れてるだろう。」と横顔を見せ、「あなた。留守番していて下さいな。わたし今の中《うち》歯医者へ行って来るから。」

「この近処か。」

「検査場《けんさば》のすぐ手前よ。」

「それじゃ公設市場の方だろう。」

「あなた。方々歩くと見えて、よく知ってるんだねえ。浮気者。」

「痛い。そう邪慳《じゃけん》にするもんじゃない。出世前の身体《からだ》だよ。」

「じゃ頼むわよ。あんまり待たせるようだったら帰って来るわ。」

「お前待ち待ち蚊帳の外……と云うわけか。仕様がない。」

わたくしは女の言葉遣いがぞんざいになるに従って、それに適応した調子を取るようにしている。これは身分を隠そうが為の手段ではない。処と人とを問わず、わたくしは現代の人と応接する時には、恰《あたか》も外国に行って外国語を操《あやつ》るように、相手と同じ言葉を遣う事にしているからである。

検査場は昭和病院、公設市場は玉の井市場である。「わたくし」が最初に玉の井のとば口に行ったとき、玉の井駅入口の立札が立っていた路地を左に入った右側にあった。お雪の家からは、伏見稲荷から賑本通りに入り、トンネルのある土手跡をくぐり、玉の井御殿を過ぎた少し先。歩いて十分はかからないだろう。近くに地元で生まれ育ち、祖父も医者だったという歯科医院はあるが、そこがお雪の行こうとしていたところかどうかはわからない。

それにしても、馴染みになるとはこういうことだと荷風は教えてくれる。

「お前待ち待ち蚊帳の外」は明治期に流行した「コチャエ節」の一節。「鉄道唱歌」のようなもので、日本橋、高輪、品川、大森、川崎、神奈川、平塚、大磯、小田原、箱根と女を求める男の姿が歌いこまれていく。「お江戸日本橋七つ立ち」と同じメロディで、「お前待ち待ち　蚊帳の外　蚊に食われ　七つの鐘の鳴るまでも　こちゃ　七つの鐘の　鳴るまでも　こちゃへこちゃへ」といった感じ。「こっちへおいで」という意味だろう。

歯の痛みは、もしかすると横根病み（性病）かもしれない。「コチャエ節」の替え歌に出てくるそうだが、馴染みとなった「わたくし」は、さりげなくそんなことも心配している。もちろんお雪は通り一遍の慰めとしか受け止めていないだろうが、真意がわからなくても「わたくし」はかまわない。

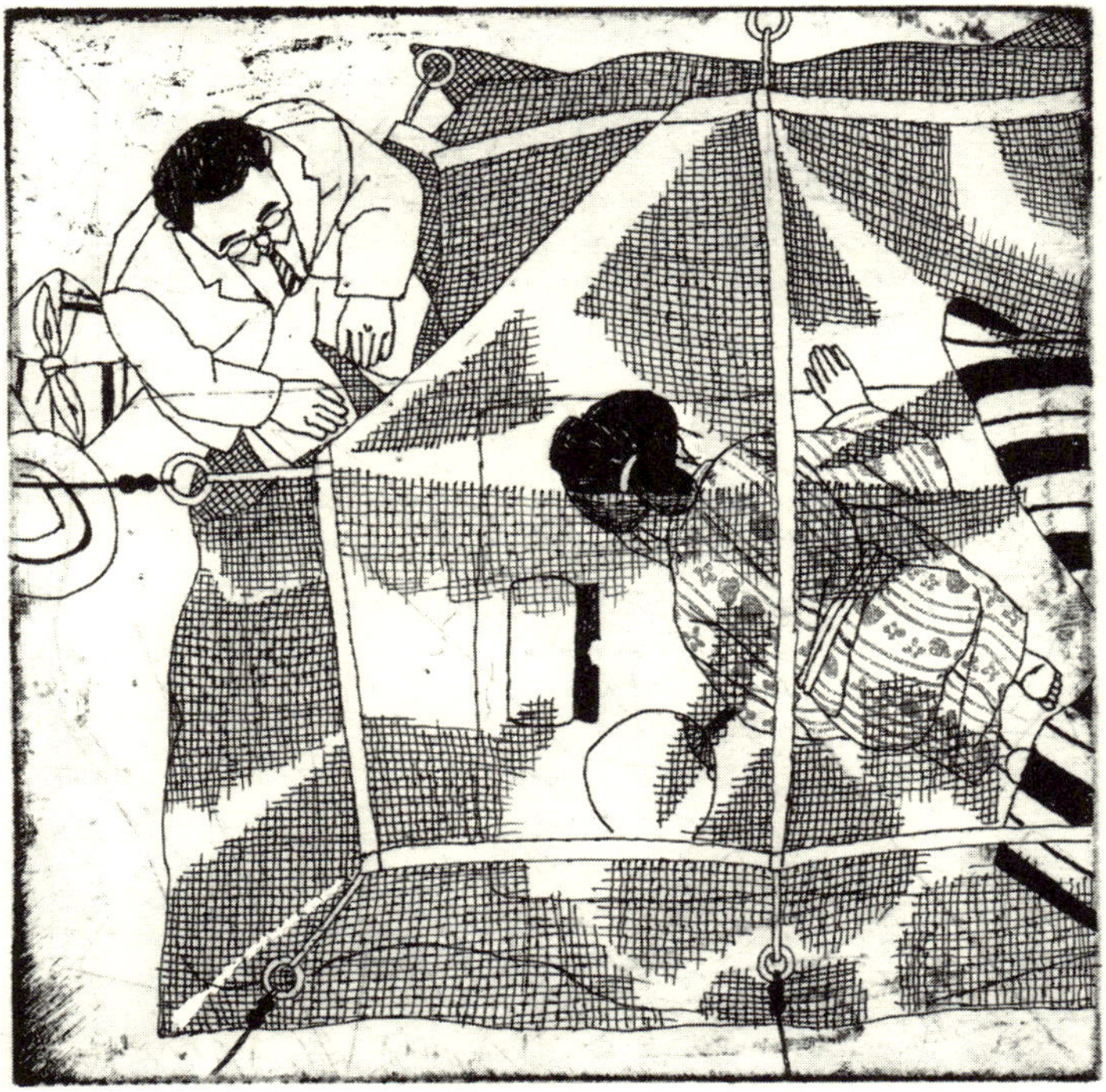

長火鉢の炭火と湯わかしは
真夏の夜でもきらさない。
カタカタと風送る扇風機は廻らず
茶間の蚊帳の中は熱帯夜。

七

山の手育ちの「わたくし」が常連になって、玉の井初めての夏。蚊の大群といい、ドブのにおいといい、すべてが驚くことばかりである。汗ばんだ人だかりと、風を通さぬ路地の構造は、玉の井の暑さをいっそう烈しくする。いつもいると、抱え主が来たりもする。馴染でなければ知ることのできない界隈の様子が、この章では記されていく。

わたくしはお雪の出て行った後《あと》、半《なかば》おろした古蚊帳の裾《すそ》に坐って、一人蚊を追いながら、時には長火鉢に埋めた炭火と湯わかしとに気をつけた。いかに暑さの烈しい晩でも、この土地では、お客の上った合図に下から茶を持って行く習慣なので、どの家でも火と湯とを絶《た》やした事がない。

「おい。おい。」と小声に呼んで窓を叩《たた》くものがある。

わたくしは大方馴染の客であろうと思い、出ようか出まいかと、様子を窺《うかが》っていると、外の男は窓口から手を差入れ、猿をはずして扉《と》をあけて内《なか》へ入った。白っぽい浴衣《ゆかた》に兵児《へこ》帯をしめ、田舎臭い円顔に口髯《くちひげ》を生《は》やした年は五十ばかり。手には風呂敷に包んだものを持っている。わたくしは其様子と其顔立とで、直様《すぐさま》お雪の抱主《かかえぬし》だろうと推察したので、向から言うのを待たず、

「お雪さんは何だか、お医者へ行くって、今おもてで逢いました。」

抱主らしい男は既にその事を知っていたらしく、「もう帰るでしょう。待っていなさい。」と云って、わたくしの居たのを怪しむ風もなく、風呂敷包を解いて、アルミの小鍋を出し茶棚の中へ入れた。夜食の惣菜《そうざい》を持って来たのを見れば、抱主に相違はない。

「お雪さんは、いつも忙しくって結構ですねえ。」

わたくしは挨拶のかわりに何かお世辞を言わなければならないと思って、そう言った。

「何ですか。どうも。」と抱主の方でも返事に困ると云ったような、意味のない事を言っ

て、火鉢の火や湯の加減を見るばかり。面と向ってわたくしの顔さえ見ない。寧《むし》ろ対談を避けるというように横を向いているので、わたくしも其儘黙っていた。

女の部屋に女がおらず、男二人でいるのは何ともきまずいものだ。抱え主と当たり障りのない話をしていると、ようやくお雪が戻ってきた。

遠廻しに土地の事情を聞出そうと思った時、「安藤さん」と男の声で、何やら紙片《かみきれ》を窓に差入れて行った者がある。同時にお雪が帰って来て、その紙を取上げ、猫板の上に置いたのを、偸見《ぬすみみ》すると、謄写摺《とうしやずり》にした強盗犯人捜索の回状である。

お雪はそんなものには目も触れず、「お父さん、あした抜かなくっちゃいけないって云うのよ。この歯。」と言って、主人の方へ開《あ》いた口を向ける。

「じゃア、今夜は食べる物はいらなかったな。」と主人は立ちかけたが、わたくしはわざと見えるように金を出してお雪にわたし、一人先へ立って二階に上った。

強盗犯人捜索の回状については、『断腸亭日乗』（昭和十一年五月七日）にも記述がある。〈晩餐の後浅草より玉の井に徃く。路地の内なる或家に立寄るに、昨夜お尋者この土地に入り込み

し様子なりとて私服の刑事客にまぢり張り込み居る故用心せらるべしと云ふ。〉

この一夜を詠んだ荷風の句がある。

目あかしの入り込む里の霜夜かな

伊庭心猿が「荷風翁の発句」（『絵入墨東今昔』）で、贈られた私家版『濹東綺譚』の写真に添えられた句について鑑賞しているうちの一句だ。〈刑事またはデカなどと云はないところに、談林風のをかしみがある。〉〈犯人捜査にあたつて、先づ遊里を一通り洗ふきめ手は、今でも全く江戸の昔と變らない。〉と述べ、荷風の江戸趣味に賛辞を惜しまない。

このほかに紹介されているのは以下の句だ。

遠みちも夜寒になりぬ川向う
名も知れぬ小草の花やつゆのたま
降りたらぬ殘暑の雨や屋根の塵
秋晴やおしろい焼の顔の皺
蚊ばしらのくづるゝかたや路地の口
木枯にぶつかつて行く車かな
ひもの焼く窓のけむり秋の風
ゆく春の秋にも似たる一夜かな

伊庭心猿の本名は猪場毅。荷風ファンならお馴染みだろう。古典の素養豊かなことから荷風の信頼厚く、偏奇館に自由に出入りし、命じられる調べものもこなした。荷風に心酔していたことが逆に禍となり、荷風の原稿・書簡・色紙・短冊などを偽筆し、密かに売りさばいていたことが知れ、ついに怒りを買って出入り禁止となった。戦前千葉県市川市真間の手児奈堂脇に転居したときは、荷風から「石菖や二人くらしの小商ひ」という短冊を贈られたが、それも谷崎潤一郎に売ってしまったとか。『来訪者』のモデルともされている。

「名も知れぬ」の句は、〈京成電車玉の井驛跡の寫眞に添へられたもの。〉との付記がある。〈百年の後、或ひは説をなす者があつて、この「名も知れぬ小草の花」が綺譚のヒロインお雪であるといふかも知れない。とにかく、艶にやさしい味はひを含んだ佳句である。〉と述べている。

総じて伊庭心猿は「翁の文學に一貫して流れるものは、この俳諧的哀調である。發句を輕んじて翁の作品を語るほど愚の骨頂はない。」(「同」)と、荷風作品と俳句との関連性を重視するよう、読者に警告している。私家版を贈られたとき、猪場毅はまだ荷風と蜜月時代だった。

上って来たお雪はすぐ窓のある三畳の方へ行って、染模様の剝《は》げたカーテンを片寄せ、「此方《こっち》へおいでよ。いい風だ。アラまた光ってる。」

「さっきより幾らか涼しくなったな、成程いい風だ。」

窓のすぐ下は日蔽《ひおい》の葭簀《よしず》に遮《さえぎ》られているが、溝の向側に並んだ家の二階と、窓口に坐っている女の顔、往ったり来たりする人影、路地一帯の光景は案外遠くの方まで見通すことができる。屋根の上の空は鉛色に重く垂下って、星も見えず、表通のネオンサインに半空《なかぞら》までも薄赤く染められているのが、蒸暑い夜を一層蒸暑くしている。お雪は座布団を取って窓の敷居に載せ、その上に腰をかけて、暫く空の方を見ていたが、「ねえ、あなた」と突然わたくしの手を握り、「わたし、借金を返しちまったら。あなた、おかみさんにしてくれない。」

「おれ見たようなもの。仕様がないじゃないか。」

「ハスになる資格がないって云うの。」

「食べさせることができなかったら資格がないね。」

お雪は何とも言わず、路地のはずれに聞え出したヴィヨロンの唄につれて、鼻唄をうたいかけたので、わたくしは見るともなく顔を見ようとすると、お雪はそれを避けるように急に立上り、片手を伸して柱につかまり、乗り出すように半身を外へ突出した。

「もう十年わかけれア……。」わたくしは茶ぶ台の前に坐って巻煙草に火をつけた。

「あなた。一体いくつなの。」

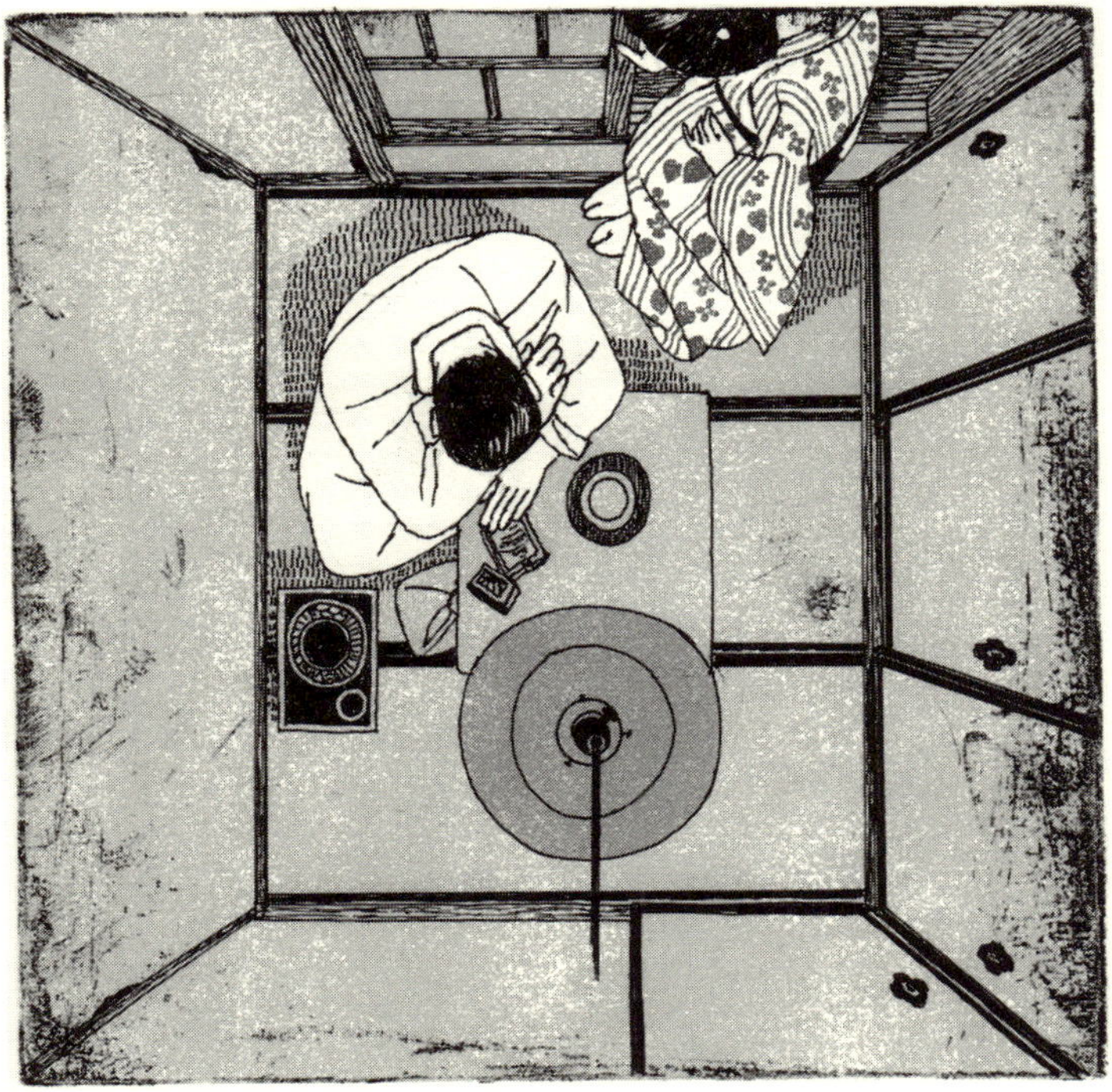

此方《こなた》へ振向いたお雪の顔を見上《あげ》ると、いつものように片靨《かたえくぼ》を寄せているので、わたくしは何とも知れず安心したような心持になって、

「もうじき六十さ。」

「お父さん。六十なの。まだ御丈夫。」

お雪はしげしげとわたくしの顔を見て、「あなた。まだ四十にゃならないね。三十七か八か知ら。」

「おれはお妾《めかけ》さんに出来た子だから、ほんとの年はわからない。」

「四十にしても若いね。髪の毛なんぞそうは思えないわ。」

「明治三十一年生《うまれ》だね。四十だと。」

「わたしはいくつ位に見えて。」

「二十一二に見えるが、四ぐらいかな。」

「あなた。口がうまいから駄目。二十六だわ。」

「雪ちゃん、お前、宇都の宮で芸者をしていたって言ったね。」

「ええ。」

「どうして、ここへ来たんだ。よくこの土地の事を知っていたね。」

「暫く東京にいたもの。」

「お金のいることがあったのか。」

「そうでもなけれア……。檀那は病気で死んだし、それに少し………。」

「馴れない中は驚いたろう。芸者とはやり方がちがうから。」

「そうでもないわ。初めッから承知で来たんだもの。芸者は掛りまけがして、借金の抜ける時がないもの。それに………身を落すなら稼《かせ》ぎいい方が結句《けっく》徳だもの。」

「そこまで考えたのは、全くえらい。一人でそう考えたのか。」

「芸者の時分、お茶屋の姐《ねえ》さんで知ってる人が、この土地で商売していたから、話をきいたのよ。」

「それにしても、えらいよ。年《ねん》があけたら少《すこ》し自前《じまえ》で稼いで、残せるだけ残すんだね。」

「わたしの年は水商売には向くんだとさ。だけれど行先の事はわからないわ。ネエ。」

じっと顔を見詰められたので、わたくしは再び妙に不安な心持がした。まさかとは思うものの、何だか奥歯に物の挟《はさ》まっているような心持がして、此度《こんど》はわたくしの方が空の方へでも顔を外《そ》向《む》けたくなった。

表通りのネオンサインが反映する空のはずれには、先程から折々稲妻が閃《ひらめ》いていたが、この時急に鋭い光が人の目を射た。然し雷の音らしいものは聞えず、風がぱったり歇《や》んで日の暮の暑さが又むし返されて来たようである。

のっぴきならないことになった。お雪は本心で言っているのかもしれないし、単に「わたくし」の反応を探っているだけなのかもしれない。私娼と飄客との戯けた話かもしれない。二人の第二幕が始まった。

荷風は二度結婚している。最初は親の強い勧めもあって三十二歳のとき。相手は湯島の材木商斎藤政吉の次女ヨネだった。赤坂星ヶ丘茶寮で行われた結婚式は、荷風の親友井上唖々の両親井上準之助夫妻の媒酌によるものだった。

しかしわずか七か月後の大正二年二月、二人は離婚する。秋庭太郎によれば〈結婚初夜から秘かに避妊の方法を実行し続けて真実の夫婦の交わりをしなかった〉ことが不審に思われたのが原因というが（『荷風外伝』）、どうもそれだけではなかったらしい。

事実、その年の一月父久一郎が急逝した際、ある女と外泊していたため葬儀に間に合わないという大失態を犯した。その女は内田ヤイ（藤蔭静枝、八重次とも）で、翌大正三年八月、市川左団次夫妻の媒酌により浅草山谷の八百善で結婚披露宴を開いた。反対した家族と断絶したが八重次との生活も破綻。一年後、痛烈に夫を批判した置手紙を書いて妻は家を出た。

女性観について、『濹東綺譚』執筆十年前、四十代の荷風はこう述べている。

〈僕天性浮気の身なれば従つて嫉妬《しっと》の執念薄く、嫉妬の執念薄きほどなれば、いやがるもの

を無理無体にくどきなびかせんとの執着は更になし。さりとて気ざな咳払ひして据膳《すえぜん》ならでは喰ひやせぬといふほどの自惚《うぬぼれ》もなければ、まづ小当りに当つて出来やすきを取る。出来やすきを取るが故に捨てるも捨てられるも皆その時の運とあきらめるは年来僕の取り来りし道にぞありける。〉（「桑中喜語」大正十五年）

表通りのネオンサインが反映する空のはずれには、先程から折々稲妻が閃《ひらめ》いていたが、この時急に鋭い光が人の目を射た。然し雷の音らしいものは聞えず、風がぱったり歇《や》んで日の暮の暑さが又むし返されて来たようである。

「いまに夕立が来そうだな。」

「あなた。髪結さんの帰り……もう三月《みつき》になるわネエ。」

わたくしの耳にはこの「三月になるわネエ。」と少し引延ばしたネエの声が何やら遠いむかしを思返すとでも云うように無限の情《じょう》を含んだように聞きなされた。「三月になります。」とか「なるわよ。」とか言切ったら平常《つね》の談話に聞えたのであろうが、ネエと長く引いた声は咏嘆《えいたん》の音《おん》というよりも、寧《むしろ》それとなくわたくしの返事を促す為に遣われたもののようにも思われたので、わたくしは「そう……。」と答えかけた言葉さえ飲み込んでしまって、唯目容《まなざし》で応答をした。

お雪は毎夜路地へ入込む数知れぬ男に応接する身でありながら、どういう訳で初めてわたくしと逢った日の事を忘れずにいるのか、それがわたくしには有り得べからざる事のように考えられた。初ての日を思返すのは、その時の事を心に嬉しく思うが為と見なければならない。然しわたくしはこの土地の女がわたくしのような老人《としより》に対して、尤《もつと》も先方ではわたくしの年を四十歳位に見ているが、それにしても好いた惚《ほ》れたのというような若《もし》くはそれに似た柔く温《あたたか》な感情を起し得るものとは、夢にも思って居なかった。

相手から言い寄られるのは、特に年老いた身となっては、ふつう満更でもないものだが、「わたくし」は心底驚いた。お雪はどこかで、誰かがこの玉の井から連れ出してくれる淡い希望を「わたくし」に託したのだろう。

わたくしはお雪の家を夜の散歩の休憩所にしていたに過ぎないのであるが、そうする為には方便として口から出まかせの虚言《うそ》もついた。故意に欺くつもりではないが、最初女の誤り認めた事を訂正もせず、寧ろ興にまかせてその誤認を猶《なお》深くするような挙動や話をして、身分を晦《くらま》した。この責だけは免れないかも知れない。

荷風はここで、自分がどういう人間であるか、読者に告白する。間接的にお雪に述べようと思っていることであろうが、別の手法で訴える。

若しわたくしなる一人物の何者たるかを知りたいと云うような酔興な人があったなら、わたくしが中年のころにつくった対話「昼すぎ」漫筆「妾宅」小説「見果てぬ夢」の如き悪文を一読せられたなら思い半《なかば》に過るものがあろう。とは言うものの、それも文章が拙《つたな》く、くどくどしくて、全篇をよむには面倒であろうから、ここに「見果てぬ夢」の一節を抜摘しよう。「彼が十年一日の如く花柳界に出入する元気のあったのは、つまり花柳界が不正暗黒の巷である事を熟知していたからで。されば若し世間が放蕩者《ほうとうしゃ》を以て忠臣孝子の如く称賛するものであったなら、彼は邸宅を人手に渡してまでも、其称賛の声を聞こうとはしなかったであろう。正当な妻女の偽善的虚栄心、公明なる社会の詐欺的活動に対する義憤は、彼をして最初から不正暗黒として知られた他の一方に馳《は》せ赴《おもむ》かしめた唯一の力であった。つまり彼は真白だと称する壁の上に汚い種々《さまざま》な汚点《しみ》を見出すよりも、投捨てられた襤褸《らんる》の片《きれ》にも美しい縫取りの残りを発見して喜ぶのだ。正義の宮殿にも往々にして鳥や鼠の糞《ふん》が落ちていると同じく、悪徳の谷底には美しい人情の花と香しい涙の果実が却《かえっ》て沢山に摘み集められる。」

これを読む人は、わたくしが溝の臭気と、蚊の声との中に生活する女達を深く恐れもせず、醜いともせず、むしろ見ぬ前から親しみを覚えていた事だけは推察せられるであろう。

「見果てぬ夢」は明治四十三年一月「中央公論」に発表された。その年荷風は、森鷗外と上田敏の推挙によって慶應義塾大学文学部の教授になる。新帰朝者として注目されていた時期だ。例の女性一覧では吉野コウ（富松）。「こう命」と左の二の腕に刺青を入れた。

新藤兼人監督の映画「濹東綺譚」では、お雪（墨田ユキ）が「わたくし」（津川雅彦）に「あなた腕に刺青があるわねえ」と言うと、荷風が腕をまくって見せるシーンがあった。

わたくしは今、お雪さんが初めて逢った日の事を咏嘆的な調子で言出したのに対して、答うべき言葉を見付けかね、煙草の烟《けむり》の中にせめて顔だけでもかくしたい気がしてまたもや巻煙草を取出した。

お雪は身の上話を始めた。お雪が芸者になりたてのころ、一緒になれなければ死のうと思った男がいて、「わたくし」がその男にそっくりなのだという。幾度となく通ううちにお雪と「わたくし」との間には、特別の情が生まれていく。なんとも切ないシーンだ。

古下駄に古ズボン
蚊の群におわれて溝づたい
路地を抜ければ二と二十の縁日は
窓の女は貧乏稲荷と故意に笑う

八

来そうに思われた夕立も来る様子はなく、火種を絶さぬ茶の間の蒸暑さと蚊の群とを恐れて、わたくしは一時外へ出たのであるが、帰るにはまだ少し早いらしいので、溝づたいに路地を抜け、ここにも板橋のかかっている表の横町に出た。両側に縁日商人《あきゅうど》が店を並べているので、もともと自動車の通らない道幅は猶更狭くなって、出さかる人は押合いながら歩いている。板橋の右手はすぐ角に馬肉屋のある四辻《よつつじ》で。辻の向側には曹洞宗東清寺と刻《しる》した石碑と、玉の井稲荷の鳥居と公衆電話とが立っている。わたくしはお雪の話からこの稲荷の縁日は月の二日と二十日の両日である事や、縁日の晩は外ばかり賑《にぎやか》で、路地の中は却て客足が少いところから、窓の女達は貧乏稲荷と呼んでいる事などを思出し、人込みに交って、まだ一度も参詣《さんけい》したことのない祠《やしろ》の方へ行って見た。

この章は、もはや勝手知ったる玉の井の町を自由自在に歩き回る「わたくし」が描かれていく。お雪の住む家は、縁日の出る道から見れば、西のはずれに位置している。バスや鉄道での往来が主流になる時世の変化の中で、お雪の家は、遊里の入り口に実は一番便利な場所になった。

「わたくし」がお雪の家からドブ伝いに組合通りへ向かう路地はすでに歩いた。コンクリート製の橋がかかる組合通りを右へ行くと、改進亭のある賑本通り、左へ行くといろは通りを横切って東清寺に出る。当時、毎月二日と二十日、東清寺から賑本通りまで、約四百メートルにわたって縁日が並んだという。組合通りを右に曲がり、玉の井町会会館を右に曲がると、先ほどお雪の家があったドブの通りに戻る。

いろは通りの角は今も肉屋がある。まっすぐ進むと突き当たりに東清寺が見えるが、山門の左手に石碑があるものの、鉄筋コンクリート三階建ての寺が聳えるだけで、玉の井稲荷らしき祠はない。当時どんな寺だったのかは、木村荘八の挿絵で縁日の晩の面影を偲ぶことができる。

玉の井

この路地を左に行くと、玉の井外部、古めかしい小料理屋やスナックが何軒かあり、三本目の路地を左に曲がると例の柏木医院がある交番の三叉路に出る。

この辺りから鐘ヶ淵までは空襲で焼け残り、元玉の井の娼家が移転してきた。旧玉の井から新玉の井に移行した時代の名残をかすかに留める家もある。


わたくしは素足に穿き馴れぬ古下駄を突掛《つっか》けているので、物に躓《つまず》いたり、人に足を踏まれたりして、怪我をしないように気をつけながら、人ごみの中を歩いて向側の路地の突当りにある稲荷に参詣《さんけい》した。ここにも夜店がつづき、祠《ほこら》の横手の稍《やや》広い空地は、植木屋が一面に並べた薔薇《ばら》や百合《ゆり》夏菊などの鉢物に時ならぬ花壇をつくっている。東清寺本堂建立《こんりゅう》の資金寄附者の姓名が空地の一隅に板塀の如くかけ並べてあるのを見ると、この寺は焼けたのでなければ、玉の井稲荷と同じく他所《よそ》から移されたものかも知れない。

わたくしは常夏《とこなつ》の花一鉢を購《あがな》い、別の路地を抜けて、もと来た大正道路へ出た。すこし行くと右側に交番がある。今夜はこの辺《あたり》の人達と同じような服装《みなり》をして、植木鉢をも手にしているから大丈夫とは思ったが、避けるに若《し》くはないと、後戻りして、角に酒屋と水菓子屋のある道に曲った。

「わたくし」が地元の人と同様のなりをするのは、巡査対策である。以前ある夜、改正道路のはずれで巡査に呼び止められたことがあった。「こんな処は君見たような資産家の来るところじゃない。早く帰りたまえ、間違いがあるといかんから、来るなら出直して来たまえ。」といって、無理矢理に円タクに乗せられたことがあった。

前述したように玉の井には三か所の派出所があり、この派出所はいろは通りの銭湯通りを過ぎた先にあったもの。現在はない。

常夏の鉢植えは、今でいうとナデシコ。放っておいても育つという意味か、あるいは常夏のトコを寝床のトコに連想させたか、鉢植え一つに荷風は凝っている。

そう言えば滝田ゆう『寺島町奇譚』にも、少年が朝顔の鉢植えを窓の女にとどけるシーンがあった。路地奥で咲く朝顔を見て彼女は何を思っただろうか、遠くの故郷の庭先か、真黒になって働く両親のことか……。

ところで東清寺から別の路地を抜けるとあるが、恐らく今来た道の突き当たりを右に曲がっていろは通りに出たのだろう。先の派出所を避けようと銭湯通りに入ったとあるが、これは明らかに不自然だ。しかし「わたくし」はどうしても、遠回りしてでもこの道を通って平和通りに出る必要があった。

それはお雪が言った「もう三月になるわネエ」の三か月を思い出そうとしていたからだ。

「わたくし」は銭湯通りを平和通り方向に向かう。

玉の井の一部と二部を貫く溝は、暖簾を下げた中島湯という銭湯の前を流れ、ここで二手に分かれた。浴室を備えた銘酒屋もあるにはあったが、多くの女たちは近くの銭湯を利用した。遊客を迎える前の午後三時ごろ、浴衣やアッパッパを着た窓の女たちが毎日湯につかり全身を洗う。この時間、路地のあちこちから下駄の音がした。この音がすれば、遊里が目覚めた合図だった。

九州亭の四ツ角から右手に曲ると、この通は右側にはラビラントの一部と二部、左側には三部の一区劃が伏在している最も繁華な最も狭い道で、呉服屋もあり、婦人用の洋服屋もあり、洋食屋もある。ポストも立っている。お雪が髪結の帰り夕立に遇《あ》って、わたくしの傘の下に駈込んだのは、たしかこのポストの前あたりであった。

わたくしの胸底《むなそこ》には先刻お雪が半《なか》冗《ば》談らしく感情の一端をほのめかした時、わたくしの覚えた不安がまだ消え去らずにいるらしい……

九州亭は荷風がよく行った中華料理店だが、今は民家である。

先に引用した伊庭心猿「荷風翁の發句」には、『濹東綺譚』執筆後に荷風が若い役者連中を

九州亭に連れて行った懐かしい思い出を記している。

〈翁の墨東通ひは、おもに東武電車によつた。蒸暑い盛夏の候など涼をもとめて白髯や言問を渡ることはあつても、自動車に乗ることは殆んどなかつた。寒月の皎々と冴えわたつた夜、血氣熾んな若者たちを引具して、筑波颪のまともに吹きつける玉の井驛に降り立つたことも、今は翁の懐かしい思ひ出の一つであらう。

若者は多くオペラ館大部屋の俳優たちであつた。即ち川公一、岸田一夫、堺駿二、大村千吉、石田清などである。寺島町二丁目に九州亭といふ洋食屋があつて、よく立寄つた。一日三回興行で疲れきつた連中は、そこでめいめい支那蕎麥やカツ丼を注文して、空腹を滿すのを常とした。大晦日の夜など、辨天山で打出す除夜の鐘を聞いてから、あわてゝ六區を出發することもあつた。そして若者を順々に馴染の女のもとに送り届け、最後に翁一人が殘るのである。〉

さて荷風は、思い出の通りを、常夏の鉢を抱えて歩いて行く。

ポストの立っている賑な小道も呉服屋のあるあたりを明い絶頂にして、それから先は次第にさむしく、米屋、八百屋、蒲鉾《かまぼこ》屋などが目に立って、遂に材木屋の材木が立掛けてあるあたりまで来ると、幾度《いくたび》となく来馴れたわたくしの歩みは、意識を待たず、すぐさま自転車預り所《どころ》と金物屋との間の路地口に向けられるのである。

この路地の中にはすぐ伏見稲荷の汚れた幟《のぼり》が見えるが、素見《すけん》ぞめきの客は気がつかないらしく、人の出入は他の路地口に比べると至って少ない。これを幸に、わたくしはいつも此路地口から忍び入り、表通の家の裏手に無花果《いちじく》の茂っているのと、溝際《どぶぎわ》の柵《さく》に葡萄《ぶどう》のからんでいるのを、あたりに似合わぬ風景と見返りながら、お雪の家の窓口を覗く事にしているのである。

二階にはまだ客があると見えて、カーテンに灯影《ほかげ》が映り、下の窓はあけたままであった。表のラディオも今しがた歇《や》んだようなので、わたくしは縁日の植木鉢をそっと窓から中に入れて、其夜はそのまま白髯橋の方へ歩みを運んだ。後《うしろ》の方から浅草行の京成バスが走って来たが、わたくしは停留場のある処をよく知らないので、それを求めながら歩きつづけると、幾程もなく行先に橋の燈火のきらめくのを見た。

三月の末、玉の井から白鬚橋まで歩いてみた。春分を過ぎたにもかかわらずこの日は肌寒く、薄手のダウンジャケットを着て出かけた。

東武伊勢崎線のガード下を越えると大正通り、全体が錆色の、時代に忘れられた廃屋の店、昭和レトロの看板、いい始まりで胸は高鳴ったのだが、それ以降まったく目にするようなものはなかった。ここは新しい街、歩くにしたがって東京のどこにでもあるような風景だ。「寺じの記」を白鬚橋方向に、「わたくし」と同じように逆にたどってみた感じである。

途中、右手に大きなトミンハイムが聳える。車掌が「郵便局前」と言った郵便局は、この団地入口左手を曲がったところに移動し、現在は墨堤通り手前の白鬚橋病院あたりにあったものと思われる。商店街もどこといって特徴はない。墨堤通りの横断歩道を渡ると、右手にはゆうに一キロメートル以上にわたり、くねくねとどこまでも白髯東アパートが続いている。東向島からここまで歩いた距離よりも長い。

高速道路六号向島線の下をぐるぐると白鬚橋の入口、橋をささえるなだらかなアーチが美しい。これまで幾度となく塗り重ねられたペンキの層が、この橋の歴史を語っている。荷風が歩いたころの橋と隅田川はほとんど変わってはいないが、橋から望む景観は一変した。墨堤通りを浅草方面に向かうと、すぐ左手に白鬚神社がある。

この辺りは荷風と殊に縁の深い地域である。白鬚神社には荷風の外祖父、鷲津毅堂の碑があり、近くには幸田露伴の蝸牛庵もある。そして成島柳北、依田学界など、荷風の好きな江戸文人のゆかりの地でもある。川本三郎は「濹東はいわば旧幕臣の文化村であった」(『荷風と東京』)とうまいことを言っている。

わたくしはこの夏のはじめに稿を起した小説「失踪」の一篇を今日《こんにち》に至るまでまだ書き

上げずにいるのである。今夜お雪が「三月《みつき》になるわねえ。」と言ったことから思合せると、起稿の日はそれよりも猶以前であった。草稿の末節は種田順平が貸間の暑さに或夜同宿の女給すみ子を連れ、白髯橋の上で涼みながら、行末の事を語り合うところで終っているので、わたくしは堤を曲らず、まっすぐに橋をわたって欄干に身を倚《よ》せて見た。

最初「失踪」の布局を定める時、わたくしはその年二十四になる女給すみ子と、其年五十一になる種田の二人が手軽く情交を結ぶことにしたのであるが、筆を進めるにつれて、何やら不自然であるような気がし出したため、折からの炎暑と共に、それなり中休みをしていたのである。

然るに今、わたくしは橋の欄干に凭《もた》れ、下流《かわしも》の公園から音頭踊《おんどおどり》の音楽と歌声との響いて来るのを聞きながら、先程お雪が二階の窓にもたれて「三月になるわネエ。」といった時の語調や様子を思返すと、すみ子と種田との情交は決して不自然ではない。作者が都合の好いように作り出した脚色として拆《しりぞ》けるにも及ばない。最初の立案を中途で変える方が却てよからぬ結果を齎《もたら》すかも知れないと云う心持にもなって来る。

雷門から円タクを傭《やと》って家に帰ると、いつものように顔を洗い髪を掻直した後、すぐさま硯《すずり》の傍《そば》の香炉《こうろ》に香を焚いた。そして中絶した草稿の末節をよみ返して見る。

「わたくし」は偏奇館に戻り、草稿を点検する。種田順平が秋葉神社裏にあるすみ子のアパートに行ったところ以降のことは、まだ『濹東綺譚』本文では明らかになっていない。どうやら二人の間に新しい関係は生まれていないらしいが、翌日、二人は白鬚橋たもとで夕涼みでもしていたのだろう。

かつて白鬚橋では橋の両側に小屋を設け、渡り賃を取った。大正十四年東京市が橋を買い取り、昭和六年に現在の橋が完成する。当時の最新技術を用いた、美しいアーチ形の橋である。「わたくし」もたびたびこの橋を渡る。種田順平とすみ子も橋の上で将来を語る。

「すみちゃん。おれは昨夜《ゆうべ》から急に何だか若くなったような気がしているんだ。昨夜《ゆうべ》だけでも活《いき》がいがあったような気がしているんだ。」

「人間は気の持ちようだわ。悲観しちまっちゃ駄目よ。」

「全くだね。然し僕は、何にしてももう若くないからな。じきに捨てられるだろう。」

「また。そんな事、考える必要なんかないっていうのに。わたしだって、もうすぐ三十じゃないのさ。それにもう、為《し》たい事はしちまったし、これからはすこし真面目になって稼《かせ》いで見たいわ。」

「じゃ、ほんとにおでん屋をやるつもりか。」

「あしたの朝、照ちゃんが来るから手金だけ渡すつもりなの。だから、あなたのお金は当分遣わずに置いて下さい。ね。昨夜も御話したように、それがいいの。」

「然し、それじゃア………。」

「いいえ。それがいいのよ。あんたの方に貯金があれば、後が安心だから、わたしの方は持ってるだけのお金をみんな出して、一時払いにして、権利も何も彼も買ってしまおうと思っているのよ。どの道やるなら其方が徳だから。」

「照ちゃんて云うのは確な人かい。とにかくお金の話だからね。」

「それは大丈夫。あの子はお金持だもの。何しろ玉の井御殿の檀那《だんな》って云うのがパトロンだから。」

「それは一体何だ。」

「玉の井で幾軒も店や家を持ってる人よ。もう七十位だわ。精力家よ。それア。時々カフエーへ来るお客だったの。」

「ふーむ。」

「わたしにもおでん屋よりか、やるなら一層《いっそう》の事、あの方の店をやれって云うのよ。店も玉も照ちゃんが檀那にそう言って、いいのを紹介するって云うのよ。だけれど、其時にはわたし一人きりで、相談する人もないし、わたしが自分でやるわけにも行かないしする

から、それでおでん屋かスタンドのような、一人でやれるものの方がいいと思ったのよ。」

「そうか、それであの土地を択《えら》んだんだね。」

「照ちゃんは母さんにお金貸をさせているわ。」

「事業家だな。」

「ちゃっかりしてるけれども、人をだましたりなんかしないから。」


荷風は自分を天秤にかけている。お雪の淡い望みを退けようとしながら、種田順平には将来の希望を抱かせる。不思議なことに、どっちに転んでも玉の井だ。

白鬚橋の橋の上から見れば、隅田川の流れは止まっているように見える。止まった流れの向こうには、千住の高層マンションの明かりが点々と増えていく、この橋を渡るなら日暮れがいい。振り返るとスカイツリーが渡り終わるまでついてくる。

昭和十一年二月二十四日の『断腸亭日乗』で、荷風はこう記述している。〈夕餉の後物書かむと机に向ひしが何といふ事もなく筆とるに懶く、去年の日誌など読返して徒に夜をふかしたり、老懶とは誠にかくの如き生活をいふなるべし、芸術の制作慾は肉慾と同じきものの如し、肉慾老年に及びて薄弱となるに従ひ芸術の慾もまたさめ行くは当然の事ならむ。余去年の六、七月頃より色慾頓挫したる事を感じ出したり。〉

蔵書をめくりながら曝す室の中
風のない庭で落葉の焚火する
日盛のひとり暮らし麻布の偏奇館
残暑の路地の浴衣汗ばんで

九

わずか三日ばかりであるが、外へ出て見ると、わけもなく久しい間、行かねばならない処へ行かずにいたような心持がしてわたくしは幾分なりと途中の時間まで短くしようと、京橋の電車の乗換場から地下鉄道に乗った。若い時から遊び馴れた身でありながら、女を尋ねるのに、こんな気ぜわしい心持になったのは三十年来絶えて久しく覚えた事がないと言っても、それは決して誇張ではない。雷門からはまた円タクを走らせ、やがていつもの路地口。いつもの伏見稲荷。ふと見れば汚れきった奉納の幟《のぼり》が四五本とも皆新しくなって、赤いのはなくなり、白いものばかりになっていた。いつもの溝際に、いつもの無花果と、いつもの葡萄、然しその葉の茂りはすこし薄くなって、いくら暑くとも、いくら世間から見捨てられた此路地にも、秋は知らず知らず夜毎に深くなって行く事を知らせていた。

いつもの窓に見えるお雪の顔も、今夜はいつもの潰《つぶ》島田《し》ではなく、銀杏《いちょう》返しに手柄をかけたような、牡丹《ぼたん》とかよぶ髷《まげ》に変っていたので、わたくしは此方《こなた》から眺めて顔ちがいのしたのを怪しみながら歩み寄ると、お雪はいかにもじれったそうに扉をあけながら、「あなた。」と一言強く呼んだ後、急に調子を低くして、「心配したのよ。それでも、まア、よかったねえ。」

九月半ば近く、原稿を書いたり曝書をしたりと、案外忙しくて三日ばかり「いつもの家」には行けなかった。いやこれは言い訳で、心の整理がついていなかった。

「一体、どうしたの。顔を見れば別に何でもないんだけれど、来る人が来ないと、何だか妙にさびしいものね。」

「でも、雪ちゃんは相変らずいそがしいんだろう。」

「暑い中《うち》は知れたものよ。いくらいそがしいたって。」

「今年はいつまでも、ほんとに暑いな。」と云った時お雪は「鳥渡《ちよいと》しずかに。」と云いながらわたくしの額にとまった蚊を掌《てのひら》でおさえた。

家の内の蚊は前よりも一層多くなったようで、人を刺す其針も鋭く太くなったらしい。お雪は懐紙《ふところがみ》でわたくしの額と自分の手についた血をふき、「こら。こんな。」と云って其紙を見せて円める。

「この蚊がなくなれば年の暮だろう。」

「そう。去年お酉《とり》様の時分にはまだ居たかも知れない。」

「やっぱり反歩《たんぼ》か。」ときいたが、時代の違っている事に気がついて、「この辺でも吉原の裏へ行くのか。」

「ええ。」と云いながらお雪はチリンチリンと鳴る鈴の音《ね》を聞きつけ、立って窓口へ出た。

「兼ちゃん。ここだよ。何ボヤボヤしているのさ。氷白玉《しらたま》二つ……それから、ついでに蚊遣香を買って来ておくれ。いい児だ。」

額に止まった蚊を掌で押さえ、掌と紙についた血を見せる……相手が自分に惚れていることをこんなふうに表現できるのは、荷風ならではだろう。

反歩は浅草田圃のこと。前にも述べた「里の今昔」には〈その頃お酉様の鳥居前へ出るには、大音寺前の辻を南に曲って行ったような気がする。辻を曲ると、道の片側には小家のつづいた屋根のうしろに吉原の病院が見え、片側は見渡すかぎり水田のつづいた彼方に太郎稲荷の森が見えた。吉原田圃はこの処をいったのである。裏田圃とも、また浅草田圃ともいった。単に反歩ともいったようである。〉とある。「吉原も田んぼがあるから、お西様のころも蚊が多いだろうなあ」と、玉の井と吉原を比較している。若いお雪が知らないであろうことを、わざと年寄りじみて言うのだが、機転がきくのか、そんなことはどうでもいいのか、お雪は意に介さないで別のことを思い出している。


「あなた。白玉なら食べるんでしょう。今日はわたしがおごるわ。」

「よく覚えているなア。そんな事……。」

「覚えてるわよ。実《じつ》があるでしょう。だからもう、そこら中浮気するの、お止《よ》しなさい。」

「此処《ここ》へ来ないと、どこか、他《わき》の家《うち》へ行くと思ってるのか。仕様がない。」

「男は大概そうだもの。」

「白玉が咽喉《のど》へつかえるよ。食べる中《うち》だけ仲好くしようや。」

「知らない。」とお雪はわざと荒々しく匙《さじ》の音をさせて山盛にした氷を突崩《つきくず》した。

白玉ひとつでも、女に奢ってもらうのは嬉しいことだ。「わたくし」はお雪を遠くから観察し続けながら、陋巷の私娼と遊客とがどのように融和するのかに思いを馳せる。「もう三月になるわネエ」というお雪のことばが「わたくし」の頭から離れない。しかしいくらそう言われても、「わたくし」には苦い経験をしたことが一度や二度ではない。荷風の女性観が、『濹東綺譚』でも深く語られていく。

わたくしは若い時から脂粉の巷《ちまた》に入り込み、今にその非を悟らない。或時は事情に捉《とら》われて、彼女達《かのおんなたち》の望むがまま家に納《い》れて箕帚《きそう》を把《と》らせたこともあったが、然しそれは皆失敗に終った。彼女達は一たび其境遇を替え、其身を卑しいものではないと思うようになれば、一変して教う可からざる懶婦《らんぷ》となるか、然らざれば制御しがたい悍婦《かんぷ》になってしまうからであった。

お雪はいつとはなく、わたくしの力に依って、境遇を一変させようと云う心を起している。懶婦か悍婦かになろうとしている。お雪の後半生をして懶婦たらしめず、悍婦たらしめず、真に幸福なる家庭の人たらしめるものは、失敗の経験にのみ富んでいるわたくしではなくして、前途に猶多くの歳月を持っている人でなければならない。然し今、これを説いてもお雪には決して分ろう筈がない。お雪はわたくしの二重人格の一面だけしか見てい

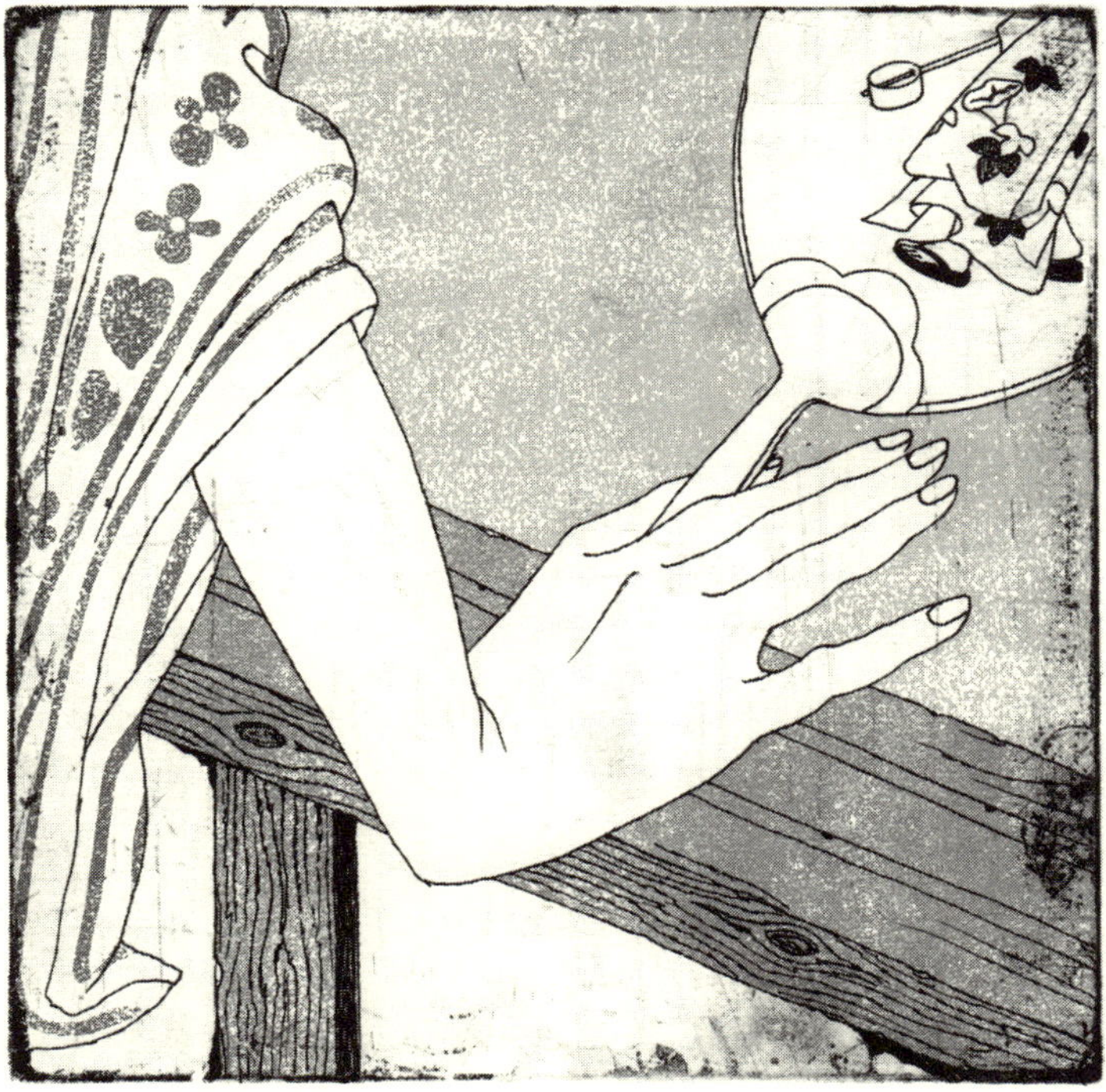

ない。わたくしはお雪の窺《うかが》い知らぬ他の一面を曝露して、其非を知らしめるのは容易である。それを承知しながら、わたくしが猶躊躇しているのは心に忍びないところがあったからだ。これはわたくしを庇《かば》うのではない。お雪が自らその誤解を覚《さと》った時、甚しく失望し、甚しく悲しみはしまいかと云うことをわたくしは恐れて居たからである。

今の時代、結婚しようと思う女性に「家に納れて箕帚を把らせ」るなどと言えばどうなるだろう。それはともかく、『濹東綺譚』で荷風は、お雪を「過去の世のなつかしい幻影を彷彿たらしめたミューズ」であると記しても、深い悲しみと失望を背負った境遇の女とは記さないし、お雪の苦労話に同情しない。

お雪にしても、もしかしたら手練れかもしれない。当たりのよさそうな遊客にそれとなく含みのあることを言い、百に一つ、話に乗ってくる客がいれば儲けものと思っているのかもしれない。それに輪をかけた手練れが「わたくし」なのだ。しかし「わたくし」は自分のせいにして、この心理劇に幕を下ろそうとしている。

お雪は倦《う》みつかれたわたくしの心に、偶然過去の世のなつかしい幻影を彷彿たらしめたミューズである。久しく机の上に置いてあった一篇の草稿は若しお雪の心がわたくしの方に向けられなかったなら、——少くとも然《そ》う云う気がしなかったなら、既に裂き棄てられていたに違いない。お雪は今の世から見捨てられた一老作家の、他分その最終の作とも思われる草稿を完成させた不可思議な激励者である。わたくしは其顔を見るたび心から礼を言いたいと思っている。其結果から論じたら、わたくしは処世の経験に乏しい彼の女《おんな》を欺き、其身体《しんたい》のみならず其の真情をも弄《もてあそ》んだ事になるであろう。わたくしは此の許され難い罪の詫《わ》びをしたいと心ではそう思いながら、そうする事の出来ない事情を悲しんでいる。

その夜、お雪が窓口で言った言葉から、わたくしの切ない心持はいよいよ切なくなった。今はこれを避けるためには、重ねてその顔を見ないに越したことはない。まだ、今の中ならば、それほど深い悲しみと失望とをお雪の胸に与えずとも済むであろう。お雪はまだ其本名をも其生立《おいたち》をも、問われないままに、打明《うちあけ》る機会に遇わなかった。今夜あたりがそれとなく別れを告げる瀬戸際で、もし之を越したなら、取返しのつかない悲しみを見なければなるまいと云うような心持が、夜のふけかけるにつれて、わけもなく激しくなって来る。

路地が静かになった。お雪は二階の窓から立ちあがり、茶の間に来た。

「あなた。あした早く来てくれない。」と云った。

「早くって、夕方か。」

「もっと早くさ。あしたは火曜日だから診察日なんだよ。十一時にしまうから、一緒に浅草へ行かない。四時頃までに帰って来ればいいんだから。」

わたくしは行ってもいいと思った。それとなく別盃《べっぱい》を酌《く》むために行きたい気はしたが、新聞記者と文学者とに見られて又もや筆誅《ひっちゅう》せられる事を恐れもするので、

「公園は具合のわるいことがあるんだよ。何か買うものでもあるのか。」

「時計も買いたいし、もうすぐ袷《あわせ》だから。」

「あついあついと言ってる中、ほんとにもうじきお彼岸だね。袷はどのくらいするんだ。店で着るのか。」

「そう。どうしても三十円はかかるでしょう。」

「そのくらいなら、ここに持っているよ。一人で行って誂《あつら》えておいでな。」と紙入を出した。

「あなた。ほんと。」

「気味がわるいのか。心配するなよ。」

わたくしは、お雪が意外のよろこびに眼を見張った其顔を、永く忘れないようにじっと見詰めながら、紙入の中の紙幣《さつ》を出して茶ぶ台の上に置いた。

戸を叩《たた》く音と共に主人の声がしたので、お雪は何か言いかけたのも、それなり黙って、伊達締《だてじめ》の間に紙幣《さつ》を隠す。わたくしは突《つ》と立って主人《あるじ》と入れちがいに外へ出た。

こういういい場面で無粋ではあるが、玉の井の娼婦には性病の検査が義務づけられていた。場所は玉の井市場の隣にあった昭和病院で、改正道路（水戸街道）を土手通りに入ったところにあったことは前述した。

検査日は決まっており、月曜日は七丁目一部、火曜日は七丁目二部、水曜日は五丁目三部、木曜日は六丁目の四部と五部、金曜日は組合員家族外来となっていた。お雪は七丁目二部だから「火曜日だから診察日だよ」ということになる。

手切れ金なのか、「わたくし」はお雪に三十円渡した。公務員の初任給が七十五円程度の時代だった。

伏見稲荷の前まで来ると、風は路地の奥とはちがって、表通から真向《まっこう》に突き入りいきなりわたくしの髪を吹乱した。わたくしは此処へ来る時の外はいつも帽子をかぶり馴れているので、風に吹きつけられたと思うと同時に、片手を挙げて見て始て帽子のないのに心づき、覚えず苦笑を浮べた。奉納の幟《のぼり》は竿《さお》も折れるばかり、路地口に屋台を据えたおでん屋の納簾と共にちぎれて飛びそうに閃《ひらめ》き翻《ひるがえ》っている。溝の角の無花果《いちじく》と葡萄《ぶどう》の葉は、廃屋のかげになった闇の中にがさがさと、既に枯れたような響を立てている。

帽子をかぶり馴れていると、帽子がないだけで不思議と心もとない気がしてくる。子どものころ、父の夏帽子でふざけてよく深々とかぶり遊んでいたが、今になってあの夏帽子は父にとって大切なものだったと自分が帽子をかぶるようになって気がついた。

表通りへ出ると、俄に広く打仰がれる空には銀河の影のみならず、星という星の光のいかにも森然として冴渡《さえわた》っているのが、言知れぬさびしさを思わせる折も折、人家のうしろを走り過る電車の音と警笛の響とが烈風にかすれて、更にこの寂しさを深くさせる。わたくしは帰りの道筋を、白髯橋の方に取る時には、いつも隅田町郵便局の在るあたりか、又は向島劇場という活動小屋のあたりから勝手に横道に入り、陋巷《ろうこう》の間を迂曲《うきょく》する小道を辿《たど》り辿って、結局白髯明神の裏手へ出るのである。八月の末から九月の初めにかけては、時々夜になって驟雨《ゆうだち》の霽《は》れた後《あと》、澄みわたった空には明月が出て、道も明く、むかしの景色も思出されるので、知らず知らず言問《こととい》の岡あたりまで歩いてしまうことが多かったが、今夜はもう月もない。吹き通す川風も忽ち肌寒くなって来るので、わたくしは地蔵坂の停留場に行きつくが否や、待合所の板バメと地蔵尊との間に身をちぢめて風をよけた。

いろは通りが大正通りとなる東武電車の高架下、ちょうど京成白鬚線の駅近くに向島劇場があった。東向島駅まで戻る。この道を東向島粋通りというとは知らなかった。改札口の見える四つ角を、玉の井を背にして歩く。大正通りの一本南側という感じだ。右側はかつての小倉石油社長の別邸で、『断腸亭日乗』に「安田別墅」とあったところだ。東向島北公園を過ぎると明治通りに突き当たる。

信号を渡り、白鬚橋方向に向かい、すぐ斜め左に入る道を進むと法泉寺の山門が見え、墨堤通りに出る。左に曲がると白鬚神社で、ちょっと歩くとY字路になり、墨堤通りを外れ左側を歩くと地蔵坂通りに出る。地蔵坂通りといっても平坦な商店街で、まっすぐ進むと水戸街道と交差する。『失踪』の種田順平とすみ子も、秋葉神社裏からたびたびこの道を歩いたことだろう。

『濹東綺譚』は雨で始まり、風で終わる。風景の詩人ならではの構成だ。

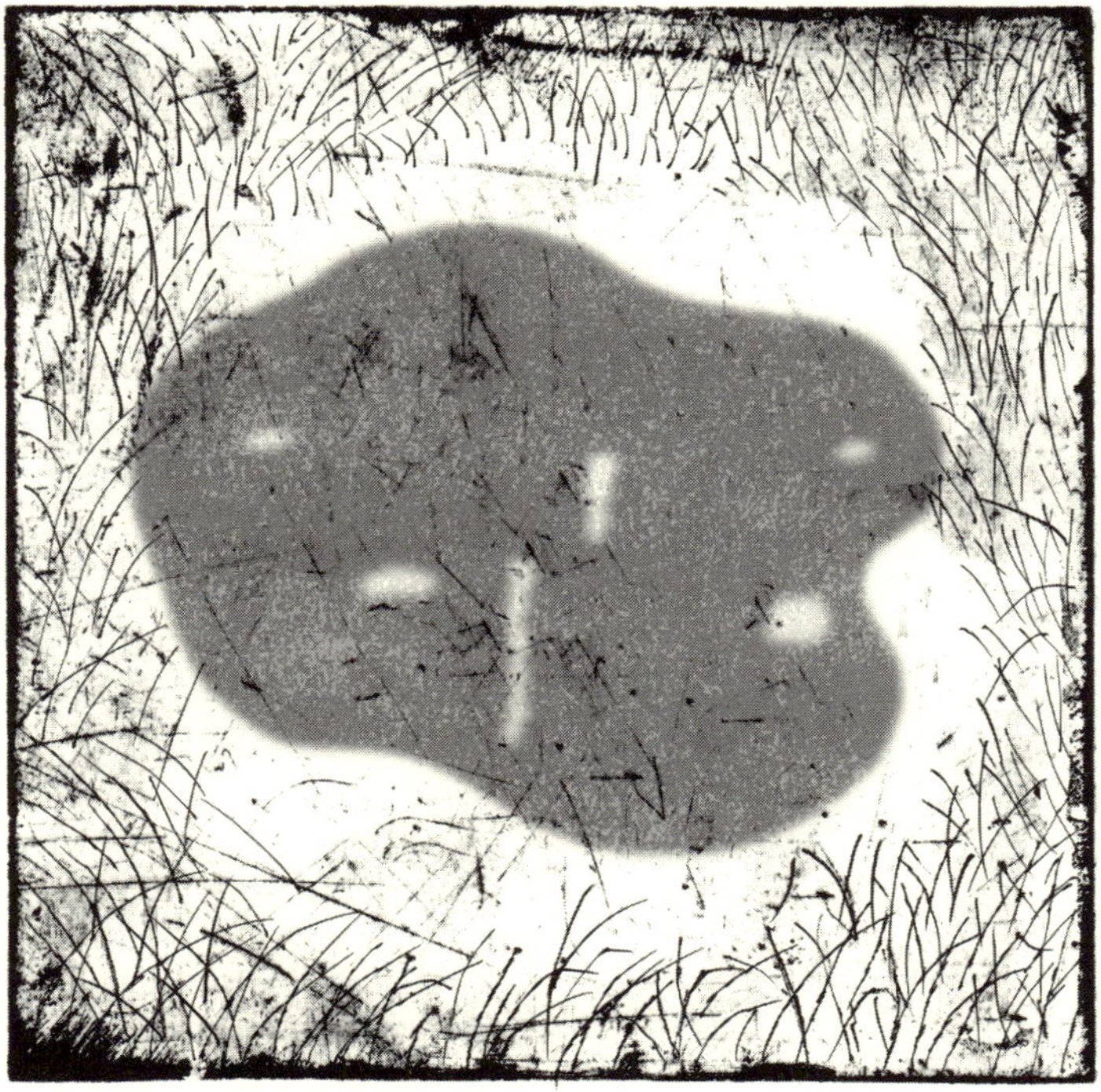

今夜かぎりと隅田川を渡り
そっとのぞく小窓
燈影のかすれて動くミューズの目
すべては去った幻の夢のごとし

十

四五日たつと、あの夜をかぎりもう行かないつもりで、秋袷の代まで置いて来たのにも係らず、何やらもう一度行って見たい気がして来た。お雪はどうしたか知ら。相変らず窓に坐っている事はわかりきっていながら、それとなく顔だけ見に行きたくて堪らない。お雪には気がつかないように、そっと顔だけ、様子だけ覗いて来よう。あの辺を一巡《ひとまわ》りして帰って来れば隣のラディオも止む時分になるのであろうと、罪をラディオに塗付けて、わたくしはまたもや墨田川を渡って東の方へ歩いた。

路地に入る前、顔をかくす為、鳥打帽を買い、素見客《ひやかし》が五六人来合すのを待って、その人達の蔭に姿をかくし、溝の此方《こなた》からお雪の家を窺《のぞ》いて見ると、お雪は新形の髷を元のつぶしに結い直し、いつものように窓に坐っていた。と見れば、同じ軒の下の右側の窓はこれまで閉めきってあったのが、今夜は明くなって、燈影《ほかげ》の中に丸髷の顔が動いている。新しい抱《かかえ》——この土地では出方《でかた》さんとかいうものが来たのである。遠くからで能《よ》くはわからないが、お雪よりは年もとっているらしく容貌《きりよう》もよくはないようである。わたくしは人通りに交って別の路地へ曲った。

良くいえば「余韻」、悪くいえば「未練」。この章は「わたくし」自身の後始末となる。

その夜はいつもと同じように日が暮れてから急に風が凪《な》いで蒸暑くなった為《た》めか、路地の中の人出も亦《また》夏の夜のように夥《おびただ》しく、曲る角々は身を斜めにしなければ通れぬ程で、流れる汗と、息苦しさとに堪えかね、わたくしは出口を求めて自動車の走《は》せちがう広小路へ出た。そして夜店の並んでいない方の舗道を歩み、実はそのまま帰るつもりで七丁目の停留場に佇《たたず》んで額の汗を拭った。車庫からわずか一二町のところなので、人の乗っていない市営バスが恰かもわたくしを迎えるように来て停った。わたくしは舗道から一歩《ひとあし》踏み出そうとして、何やら急にわけもわからず名残惜《なごり》しい気がして、又ぶらぶら歩き出すと、間もなく酒屋の前の曲角《まがりかど》にポストの立っている六丁目の停留場である。ここには五六人の人が車を待っていた。わたくしはこの停留場でも空《むな》しく三四台の車を行き過《すご》させ、唯茫然《ぼうぜん》として、白楊樹《ポプラ》の立ちならぶ表通と、横町の角に沿うた広い空地の方を眺めた。

七丁目バス停は、当時の終点。おそらくどこかの路地を曲がって賑本通り（平和通り）に出、懐かしの出会いポストを過ぎ、九州亭をまっすぐ進んで改正道路（水戸街道）を渡ったのだろう。「あっ、忘れていた」という調子で、「わたくし」は玉の井四部と五部にも触れることとなる。ここは場末の中の場末で、市バスのバス停からは寺島六丁目を降りた右側にあった。その向島寄りが空地となっており、地元の人はゴリラが原と呼んでいた。

この空地には夏から秋にかけて、ついこの間まで、初めは曲馬、次には猿芝居、その次には幽霊の見世物小屋が、毎夜さわがしく蓄音機を鳴《なら》し立てていたのであるが、いつの間にか、もとのようになって、あたりの薄暗い灯影《ほかげ》が水溜《みずたまり》の面《おもて》に反映しているばかりである。わたくしはとにかくもう一度お雪をたずねて、旅行をするからとか何とか言って別れよう。其の方が鼬《いたち》の道を切ったような事をするよりは、どうせ行かないものなら、お雪の方でも

後々《あとあと》の心持がわるくないであろう。出来ることなら、真《まこと》の事情を打明けてしまいたい。わたくしは散歩したいにも其処《そのところ》がない。尋ねたいと思う人は皆先に死んでしまった。風流絃歌の巷も今では音楽家と舞踊家との名を争う処で、年寄が茶を啜《すす》ってむかしを語る処ではない。わたくしは図らずも此のラビラントの一隅に於いて浮世半日《ふせいはんじつ》の閑を偸《ぬす》む事を知った。そのつもりで邪魔でもあろうけれど折々遊びに来る時は快く上げてくれと、晩蒔《おそまき》ながら、わかるように説明したい……。わたくしは再び路地へ入ってお雪の家の窓に立寄った。

「浮世半日の閑を偸む」は、荷風の外祖父鷲津毅堂の書画の品評会、半閒社の雅約から引用されている（『下谷叢書』）。書画ではなく窓の女の場合でも、荷風は転用している。

お雪はとっくにわかっているはずなのに、「わたくし」はほんとうに最後のつもりで「いつもの家」に戻った。

「さア、お上んなさい。」とお雪は来る筈の人が来たという心持を、其様子と調子とに現したが、いつものように下の茶の間には通さず、先に立って梯子《はしご》を上るので、わたくしも様子を察して、

「親方が居るのか。」

「ええ。おかみさんも一緒……。」

「新奇のが来たね。」

「御飯焚《たき》のばアやも来たわ。」

「そうか。急に賑かになったんだな。」

「暫く独りでいたら、大勢だと全くうるさいわね。」急に思出したらしく、「この間はありがとう。」

「好《い》いのがあったか。」

「ええ。明日《あした》あたり出来てくる筈よ。伊達締《だてじめ》も一本買ったわ。これはもうこんなだもの。後で下へ行って持ってくるわ。」

お雪は下へ降りて茶を運んで来た。姑《しばら》く窓に腰をかけて何ともつかぬ話をしていたが、主人《あるじ》夫婦は帰りそうな様子もない。その中《うち》梯子の降口《おりくち》につけた呼鈴が鳴る。馴染の客が来た知らせである。

家《うち》の様子が今までお雪一人の時とは全くちがって、長くは居られぬようになり、お雪の方でもまた主人の手前を気兼しているらしいので、わたくしは言おうと思った事もそのまま、半時間とはたたぬ中戸口《うち》を出た。

『断腸亭日乗』には気になる記述がある。〈初更玉の井に往き彼の家を訪うに店の小窓閉しありて女の顔見えず。戸を叩き見るに姑くして女奥より出で来り二階に案内し、唯今主人と前借金の事につきいざこざ起り話の模様によりては一時商売を止めるかも知れず、明晩お出下されたし、その節この家の灯が消えていましたらそっと鄰の家の富子という女に御聞きなされて下さい、わたくしの居処を知らして置きますからと云う。〉（九月二十七日）

お雪の身に何かあったようだが、『断腸亭日乗』では詳しく語られていない。新しい出方さんが来るまでの、十月六日までの記述を追うと、次のようになる。

九月三十日〈白鬚橋をわたり玉の井に小憩し十二時頃帰宅。〉

十月一日〈夜銀座に出で食料品を購い玉の井に往きいつもの家に憩う。〉

十月四日〈濹東陋巷の女を訪ふ。帰途車にて大川橋を過ぐ。半月本所の岸にあり。一ツ目の夜景甚佳なり。十時過帰宅。風露冷なり。引汐や夜寒の河岸の月あかり〉

十月五日〈夕餉して後銀座にて買物をなし玉の井に立寄りてかへる。夜気冷かになりて炎暑の夜の如き勇気も今は消磨したれば、かの女の家を訪ふも今宵をかぎりにせむかなど思ひ煩ふこと頻なり。〉

この間『濹東綺譚』の執筆は進んでいる。

十月十二日〈夕餉の後寺嶋町に往く。帰途雨〉

1
10
9
8
7
12
6

十月十五日〈夜また玉の井を歩む。京成電車線路跡の空地に薬を売るものあり。〉
十月十七日〈夜九時銀座より濹東に往き十一時頃帰宅。〉
十月二十日〈濹東の遊興猶失せず。夜また往きて例の家を訪ふ。〉
十月二十二日〈夜また濹東に遊び帰途芝口の金兵衛に飰す。〉
十月二十五日〈濹東綺譚の草稿成る。〉（欄外朱書「濹東綺譚脱稿」）
お雪がその後どうなったのか、語られていない。ただ「引汐や夜寒の河岸の月あかり」とあることから、潮時を示したのかもしれない。

風雨の中に彼岸は過ぎ、天気がからりと晴れると、九月の月も残り少く、やがて其年の十五夜になった。

前の夜もふけそめてから月が好かったが、十五夜の当夜には早くから一層曇りのない明月を見た。

わたくしがお雪の病んで入院していることを知ったのは其夜である。雇婆から窓口で聞いただけなので、病の何であるのかも知る由がなかった。

お雪が入院した。安藤夫妻とのいざこざは、もしかすると前借金のことではなく、昭和病院の検査結果が思わしくなかったせいかもしれない。花柳病なのか結核なのか、いずれにしてもお雪の負担は重い。

ほんとうの気持ちを打ち明けられなかったのは心残りではあるが、どのみち「わたくし」はお雪との三か月を、思い出の中に封印しようとしていたのだった。

わたくしはお雪が永く溝際の家にいて、極めて廉価《れんか》に其媚《こび》を売るものでない事は、何のいわれもなく早くから之を予想していた。若い頃、わたくしは遊里の消息に通暁した老人から、こんな話をきかされたことがあった。これほど気に入った女はない。早く話をつけないと、外のお客に身受けをされてしまいはせぬかと思うような気がすると、其女はきっと病気で死ぬか、そうでなければ突然厭《いや》な男に身受をされて遠い国へ行ってしまう。何の訳もない気病みというものは不思議に当るものだと云う話である。

お雪はあの土地の女には似合わしからぬ容色と才智とを持っていた。雞群《けいぐん》の一鶴《いっかく》であった。然し昔と今とは時代がちがうから、病むとも死ぬような事はあるまい。義理にからまれて思わぬ人に一生を寄せる事もあるまい……。

建込んだ汚《きたな》らしい家の屋根つづき、風雨《あらし》の来る前の重苦しい空に映る燈影《ほかげ》を望みながら、お雪とわたくしとは真暗な二階の窓に倚《よ》って、互に汗ばむ手を取りながら、唯それともなく謎《なぞ》のような事を言って語り合った時、突然閃き落ちる稲妻に照らされたその横顔。それは今も猶ありありと目に残って消去らずにいる。わたくしは二十《はたち》の頃から恋愛の遊戯に耽《ふけ》ったが、然し此の老境に至って、このような癡夢《ちむ》を語らねばならないような心持になろうとは。運命の人を揶揄《やゆ》することも亦甚しいではないか。草稿の裏には猶数行の余白がある。筆の行くまま、詩だか散文だか訳のわからぬものを書《しる》して此夜の愁《うれい》を慰めよう。

残る蚊に額さされしわが血汐。

ふところ紙に
君は拭ひて捨てし庭の隅。
葉雞頭の一茎《ひとくき》立ちぬ。
夜ごとの霜のさむければ、
夕暮の風をも待たで、
倒れ死すべき定めも知らず、
錦なす葉の萎《しお》れながらに
色増す姿ぞいたましき。
病める蝶ありて
傷《きずつ》きし翼によろめき、

返咲《かえり》く花とうたがふ雞頭の
倒れ死すべきその葉かげ。
宿かる夢も
結ぶにひまなき晩秋《おそあき》の
たそがれ迫る庭の隅。
君とわかれしわが身ひとり、
倒れ死すべき雞頭の一茎と
ならびて立てる心はいかに。

これで『濹東綺譚』本文は終わる。荷風の名文に堪能したところで身も蓋もないことを一言添えておこう。

日比恆明は『玉の井　色街の社会と暮らし』で〈昔から『濹東綺譚』の小説の中に出てくる固有名詞を元にして、どこまでが実際にあったかどうか調べる好事家がいる。小説の中に記されたキーワードを足掛かりにして、荷風が歩いた道筋を探り当てようとするものである。小説の裏側にある謎探しのようなものであろう〉としたうえで、この小説に出てくるお雪の家はまったく架空の場所であると断言している。

そもそも問題の発端は、お雪が「わたくし」に渡した一枚の名刺「寺島町七丁目六十一番地（二部）安藤まさ方雪子」にあった。「地図①」にも「地図②」にも、この番地は記されていない。だが〈その場所は松乃湯の裏になり、二軒の長屋が該当する。ここは民家であって銘酒屋街ではなかった〉と日比は指摘している（『同』）。松乃湯は前述したように、賑本通りの、「わたくし」がいつもお雪を訪ねていく、伏見稲荷に入る路地の反対側にあった。

ところで安藤まさは実在の人物だったと、前田豊は『玉の井という街があった』で述べている。〈主人の安藤信雄という人は、戦後、東宝映画『濹東綺譚』製作に嘱望されて種々私娼街の指導をした副組合長だが二年前（註＝昭和五十四年）八十二歳で物故し、現在は老婆が孫と一緒に暮らしていた〉。だが前田がまさとも顔見知りの妻女に同行を願い、インタビューを試みたものの、よほど虫の居所が悪かったのか「荷風は一度も家へ泊まったことはない」「お雪なんていう女もいない」とケンもほろろに追い返されたという。夫の安藤信雄は実際に銘酒屋を経営し、玉の井館の裏に住んでいた。しかしほんの偶然によって多くの誤解が生じたと日比は指摘している。

九九パーセントの事実を積み重ねて一パーセントの嘘をつく。その嘘が俄然真実味を帯びて読者を堪能させる——それが作家の楽しみであることを、荷風は百も承知だったのだろう。同時に好事家は嘘を承知で、お雪の幻影を探し求めるのである。

作後贅言

向島寺島町に在る遊里の見聞記《けんもんき》を作って、わたくしは之を濹東綺譚と命名した。濹の字は林述斎が墨田川を言現《いいあらわ》すために濫《みだり》に作ったもので、その詩集には濹上漁謡と題せられたものがある。文化年代のことである。

幕府瓦解の際、成島柳北が下谷和泉橋通《いずみばしどおり》の賜邸《してい》を引払い、向島須崎村《すさきむら》の別荘を家となしてから其詩文には多く濹の字が用い出された。それから濹字が再び汎《あまね》く文人墨客《ぼっかく》の間に用いられるようになったが、柳北の死後に至って、いつともなく見馴れぬ字となった。

物徂徠は墨田川を澄江となしていたように思っている。天明の頃には墨田堤を葛坡《かっぱ》となした詩人もあった。明治の初年詩文の流行を極めた頃、小野湖山は向島の文字を雅馴《がじゅん》ならずとなし、其音によって夢香州《むこうしゅう》の三字を考出したが、これも久しからずして忘れられてしまった。現時向島の妓街に夢香荘とよぶ連込宿がある。小野湖山の風流を襲《つ》ぐ心であるのかどうか、未《いま》だ詳《つまびらか》にするを得ない。

寺島町五丁目から六七丁目にわたった狭斜の地は、白髯橋《しらひげばし》の東方四五町のところに在る。即ち墨田堤の東北に在るので、濹上となすには少し遠すぎるような気がした。依《よ》ってわたくしはこれを濹東と呼ぶことにしたのである。濹東綺譚はその初め稿を脱した時、直《ただち》に地名を取って「玉の井雙紙《ぞうし》」と題したのであるが、後に聊《いささ》か思うところがあって、今の世には縁遠い濹字を用いて、殊更に風雅をよそおわせたのである。

『濹東綺譚』脱稿直後の昭和十一年十一月二日、荷風はすぐに「濹東餘譚」と題する随筆を執筆した。『断腸亭日乗』には「第一部の或家を訪ふ。」とあり、少し書き残しておきたいことがあった。これは翌年新年号の「中央公論」に掲載されたが、朝日新聞での『濹東綺譚』連載がまだ始まっていなかったので、「万茶亭《ばんさ》の夕」と改題して掲載した。

万茶亭は荷風がよく通った銀座の喫茶店である。〈万茶亭の称は荷風が命名したもので、実際は西銀座五丁目十五番地に在った村のコーヒー屋と称する喫茶店であった。主人が三原萬次郎といったところから、馴染の客たちは主人を萬茶《まんちゃ》ンと愛称していた故荷風はこれをもじって万茶亭と名づけたのである〉（秋庭太郎『永井荷風伝』）。

時局から新聞連載の時期が決まらないのをもどかしく思った荷風は、私家版の『濹東綺譚』を刊行するが、この「万茶亭の夕」は「作後贅言」と再び改題され、収録された。新聞連載後単行本として刊行された岩波版もこれを踏襲している。

『濹東綺譚』命名の由来を述べる件に「聊か思うところがあって」と述べているが、これは当局に睨まれないために玉の井の地名を避け、風雅をよそおわせたものだった。

小説の命題などについても、わたくしは十余年前井上唖々子《いのうえああし》を失い、去年の春神代帚葉《こうじろそうよう》翁《おう》の訃《ふ》を聞いてから、爾来《じらい》全く意見を問うべき人がなく、又それ等について諧語《かいご》する相手もなくなってしまった。濹東綺譚は若し帚葉翁が世に在るの日であったなら、わたくしは稿を脱するや否や、直に走って、翁を千駄木町《せんだぎまち》の寓居《ぐうきょ》に訪《おとな》い其閲読を煩《わずら》わさねばならぬものであった。何故《なにゆえ》かというに翁はわたくしなどより、ずっと早くからかのラビラントの事情に通暁し、好んで之を人に語っていたからである。翁は坐中の談話がたまたまその地の事に及べば、まず傍人より万年筆を借り、バットの箱の中身を抜き出し、其裏面に市中より迷宮に至る道路の地図を描き、ついで路地の出入口を記《き》し、その分れて那辺に至り又那辺に合するかを説明すること、掌《たなごころ》を指《さ》すが如くであった。

神代帚葉《こうじろそうよう》は荷風の数少ない知友で、「作後贅言」は神代帚葉への追悼文ともいえ、その人物像をうかがい知ることができる。その人となりについてはおいおい紹介するとして、ともかく博覧強記の変人・奇人だった。
おそらく、帚葉翁とのある夜の雑談で玉の井が話題になり、荷風は強い関心を抱くようになったのだろう。創作意欲も掻き立てられ、それが『濹東綺譚』に結実したものと思われる。つまり帚葉翁は荷風にネタを提供したのである。その帚葉翁の突然の他界で、荷風は帚葉翁に対し「濹東餘譚」としてはなむけの気持ちを著したといえる。

そのころ、わたくしは大抵毎晩のように銀座尾張町の四ツ角で翁に出逢った。翁は人を待合すのにカフエーや喫茶店を利用しない。待設けた人が来てから後、話をする時になって初めて飲食店の椅子に坐るのである。それまでは康衢《こうく》の一隅に立ち、時間を測って、逢うべき人の来るのを待っているのであるが、その予測に反して空しく時を費すことがあっても、翁は決して怒りもせず悲しみもしない。翁の街頭に佇立むのは約束した人の来るのを待つためばかりではない。寧《むしろ》これを利用して街上の光景を眺めることを喜んでいたからである。翁が生前屢《しばしば》わたくしに示した其手帳には、某年某月某日の条下に、某処に於いて見る所、何時より何時までの間、通行の女凡《およ》そ何人の中《うち》洋装をなすもの幾人。女給らしきものにして檀那《だんな》らしきものと連立って歩むもの幾人。物貰い門附《かどづけ》幾人などと記してあったが、これ等は町の角や、カフエーの前の樹の下などに立たずんで人を待っている間に鉛

おでん
こばた

筆を走《はしら》したものである。

銀座尾張町の四ツ角というのは、現在の銀座四丁目、三越や服部時計店などのある交差点。康衢は賑やかなところ。神代帚葉は往復の電車賃七銭さえあれば後は無一文でも平気で、後は誰かの財布に便乗するのが常だった。

「濹東餘譚」の名の通り、帚葉翁への追想は、玉の井散策の折に荷風がお雪の家の近くで、突然門付の娘に声をかけられたことから始まる。以前帚葉翁と銀座裏で話をしたことがあるこの娘が銀座から玉の井へ移り、着物も肩揚げがとれ、髪型も桃割から島田へと三味線を鳴らしながら陋巷を門付していく五年ほどの変化を語ることで、帚葉翁との思い出を深め、その喪失感を記していくのである。

帚葉翁が古帽子をかぶり日光下駄をはいて毎夜かかさず尾張町の三越前に立ち現れたのはその頃からであった。銀座通の裏表に処を択《えら》ばず蔓衍《まんえん》したカフエーが最も繁昌し、又最も淫卑《いんぴ》に流れたのは、今日《こんにち》から回顧すると、この年昭和七年の夏から翌年にかけてのことであった。いずこのカフエーでも女給を二三人店口に立たせて通行の人を呼び込ませる。裏通のバアに働いている女達は必ず二人ずつ一組になって、表通を歩み、散歩の人の袖を引いたり目まぜで誘《いざな》ったりする。商店の飾付《かざりつけ》を見る振りをして立留り、男一人の客と見れば呼びかけて寄添い、一緒にお茶を飲みに行こうと云う怪し気な女もあった。百貨店でも売子の外に大勢の女を雇入れ、海水浴衣を着せて、女の肌身を衆人の目前に曝《さら》させるようにしたのも、たしかこの年から初まったのである。裏通の角々にはヨウヨウとか呼ぶ玩具を売る小娘の姿を見ぬ事はなかった。わたくしは若い女達が、其の雇主の命令に従って、其の顔と其の姿とを、或は店先、或は街上に曝すことを恥とも思わず、中には往々得意らしいのを見て、公娼の張店《はりみせ》が復興したような思をなした。そして、いつの世になっても、女を使役するには変らない一定の方法がある事を知ったような気がした。

関東大震災の震災復興で街が大きく変わっていくのを、荷風は快く思わない。荷風が帚葉翁と銀座でよく会うようになったのは、昭和七年のことだった。この年第一次上海事変が起こり満洲国が建国され、五・一五事件が勃発、東京市は近隣の郡や町村を合併吸収して十五区から三十五区に拡大した。

わたくしが初て帚葉翁と交《まじわり》を訂《ただ》したのは、大正十年の頃であろう。その前から古本の市《いち》へ行くごとに出逢っていたところから、いつともなく話をするようになっていたのである。

然し其後も会うところは相変らず古本屋の店先で、談話は古書に関することばかりであったので、昭和七年の夏、偶然銀座通で邂逅《かいこう》した際には、わたくしは意外の地で意外な人を見たような気がした為、其夜は立談《たちばなし》をしたまま別れたくらいであった。

わたくしは昭和二三年のころから丁度其時分まで一時全く銀座からは遠のいていたのであったが、夜眠られない病気が年と共に烈しくなった事や、自炊に便利な食料品を買う事や、また夏中は隣家《となり》のラディオを聞かないようにする事や、それ等のためにまたしても銀座へ出かけはじめたのであるが、新聞と雑誌との筆誅《ひっちゅう》を恐れて、裏通を歩くにも人目を忍び、向《むこう》の方から頭髪を振乱した男が折革包《おりかばん》をぶら下げたり新聞雑誌を抱えたりして歩いて来るのを見ると、横町へ曲ったり電柱のかげにかくれたりしていた。

帚葉翁はいつも白足袋《たび》に日光下駄をはいていた。其風采《ふうさい》を一見しても直《ただち》に現代人でない事が知られる。それ故、わたくしが現代文士を忌み恐れている理由をも説くに及ばずして翁は能く之を察していた。わたくしが表通のカフェーに行くことを避けている事情をも、翁はこれを知っていた。一夜《いちや》翁がわたくしを案内して、西銀座の裏通にあって、殆ど客の居ない万茶亭《ばんさてい》という喫茶店へつれて行き、当分その処を会合処にしようと言ったのも、わたくしの事情を知っていた故であった。

帚葉翁が『断腸亭日乗』で書かれるのは大正十二年十月十六日。〈池ノ端にて神代君に逢ふ。精養軒に一茶す。神代君はかつて慶應義塾図書館ゝ員たり。集書家として好事家の間に知られたる人なり。〉とある。

夫人によれば帚葉翁は〈酒は一滴も飲めないのに芸者遊びは止められず、米代がなくても心配しない人〉（秋庭太郎『荷風外伝』）とのことで、街の観察好きとしても知られており、生き字引のような知識は銀座の喫茶店にも及んでいた。数ある喫茶店の中から、帚葉翁は荷風に向きそうな店を紹介したのである。

わたくしは炎暑の時節いかに渇《かつ》する時と雖《いえど》も、氷を入れた淡水の外冷いものは一切口にしない。冷水も成るべく之を避け夏も冬と変りなく熱い茶か珈琲《コーヒー》を飲む。アイスクリームの如きは帰朝以来今日まで一度も口にした事がないので、若《も》し銀座を歩く人の中で銀座のアイスクリームを知らない人があるとしたなら、それは恐らくわたくし一人《いちにん》のみであろう。翁がわたくしを万茶亭に案内したのもまたこれが為であった。

銀座通のカフェーで夏になって熱い茶と珈琲とをつくる店は殆ど無い。西洋料理店の中でも熱い珈琲をつくらない店さえある。紅茶と珈琲とはその味《あじわい》の半《なかば》は香気に在るので、若し氷で冷却すれば香気は全く消失《きえう》せてしまう。然るに現代の東京人は冷却して香気のない

COFEE
万茶亭

ものでなければ之を口にしない。わたくしの如き旧弊人《きゅうへいじん》にはこれが甚だ奇風に思われる。この奇風は大正の初にはまだ一般には行きわたっていなかった。

万茶亭がはじめて『断腸亭日乗』に登場するのは、昭和七年七月二十日のことで、〈夕方銀座にて食事中神代君たづね来る。裏通なるカッフェーの間を歩み数寄屋橋際なる伯拉爾児《ブラジル》咖啡店万茶亭といふに立寄り、街路樹の下に椅子を持出で涼を取らむとすれど、そよとの風もなし。万茶亭の主人は多年サンパウロの農園にありて咖啡を栽培せし由〉とあり、八月二十七日には隣のラインゴルトの特徴的な扉などをスケッチしている。主人三原萬三郎も帚葉翁と前後して世を去り、店もまた閉ざされてしまった。主人の甥は映画俳優の大日向傳で、日記にも二度ほど登場している。

翁はわたくしと相対して並木の下に腰をかけている間に、万茶亭と隣接したラインゴルト、向側のサイセリヤ、スカール、オデッサなどいう酒場に出入する客の人数《にんず》を数えて手帳にかきとめる。円タクの運転手や門附と近づきになって話をする。それにも飽きると、表通へ物を買いに行ったり路地を歩いたりして、戻って来ると其の見て来た事をわたくしに報告する。今、どこの路地で無頼漢が神祇《じんぎ》の礼を交していたとか、或は向の川岸で怪し気な女に袖《そで》を牽《ひ》かれたとか、曾《かつ》てどこそこの店にいた女給が今はどこそこの女主人《おんなあるじ》になっているとか云う類《たぐい》のはなしである。寺島町の横町でわたくしを呼止めた門附の娘も、初めて顔を見知ったのはこの並木の下であったに違いはない。

昭和七年は、東京音頭の元となる丸の内音頭が発表された年でもある。この曲は翌年東京音頭と改められ、百二十万枚のレコードが売れる大ヒットとなった。荷風は例によって帚葉翁と、日本人の踊りについて雑談を交わしている。

「そういえば女の洋服は震災時分にはまだ珍らしい方だったね。今では、こうして往来を見ていると、通る女の半分は洋服になったね。カフエー、タイガーの女給も二三年前から夏は洋服が多くなったようですね。」

「武断政治の世になったら、女の洋装はどうなるでしょう。」

「踊も浴衣ならいいと云う流儀なら、洋装ははやらなくなるかも知れませんね。然し今の女は洋装をよしたからと云って、日本服を着こなすようにはならないと思いますよ。一度崩れてしまったら、二度好くなることはないですからね。芝居でも遊芸でもそうでしょう。文章だってそうじゃないですか。勝手次第にくずしてしまったら、直そうと思ったって、もう直りはしないですよ。」

「言文一致でも鷗外先生のものだけは、朗吟する事ができますね。」帚葉翁は眼鏡をはずし両眼を閉じて、伊沢蘭軒が伝の末節を唱えた。「わたくしは学殖なきを憂うる。常識なきを憂えない。天下は常識に富める人の多きに堪えない。」

神代帚葉は荷風と親しくしていた昭和八年、「銀座往来」という冊子を発行する。十六ページほどの薄い雑誌で結局三号で廃刊となるが、荷風も短い文や詩を載せて協力している。荷風の養子である永井永光『荷風と私の銀座百年』によれば、何しろメモ魔の翁は「カフェの洋字看板」では一つ一つを丁寧に記したり、「赤提灯青提灯」では飲食店の料理について細かく報告しているという。

〈銀七ノ二おしるこ屋梅林には葛湯もある。老人連が夜おそく一腹拵えるに甚だいゝ。店構への典型的旧式であるのもいゝ〉

〈十字屋の前でラヂオを聞いてゐる人の数を見ると、謡曲の時が最も少なく、それから、清元、流行唄の順で、浪花節が最も多かった〉

などといった具合だった。

銀座
6

こんな話をしていると、夜は案外早くふけわたって、服部の時計台から十二時を打つ鐘の声が、其頃は何となく耳新しく聞きなされた。

考証癖の強い翁は鐘の音《ね》をきくと、震災前《ぜん》まで八官町に在った小林時計店の鐘の音《ね》が、明治のはじめには新橋八景の中にも数えられていた事などを語り出す。わたくしは明治四十四五年の頃には毎夜妓家の二階で女の帰って来るのを待ちながら、かの大時計の音《おと》に耳を澄した事などを思出すのであった。三木愛花の著した小説芸者節用などのはなしも、わたくし達二人の間には屢《しばしば》語り出される事があった。

万茶亭の前の道路にはこの時間になると、女給や酔客の帰りを当込んで円タクが集って来る。この附近の酒場でわたくしが其名を記憶しているのは、万茶亭の向側にはオデッサ、スカール、サイセリヤ、此方《こなた》の側にはムウランルージュ、シルバースリッパ、ラインゴルトなど。また万茶亭と素人屋《しもたや》との間の路地裏にはルパン、スリイシスタ、シラムレンなど名づけられたものがあった。今も猶在るかも知れない。

（中略）帚葉翁はいつも路地を抜け、裏通から尾張町の四ツ角に出《い》で、既に一群をなして赤電車を待っている女給と共に路傍に立ち、顔馴染《なじみ》のものがいると先方の迷惑をも顧ず、大きな声で話をしかける。翁は毎夜の見聞によって、電車のどの線には女給が最も多く乗るか、又その行先は場末のどの方面が最も多いかという事を能く知っていた。自慢らしく

6-385

其話に耽《ふけ》って、赤電車にも乗りそこなう事がたびたびであったが、然しそういう場合にも、翁は敢て驚く様子もなく、却て之を幸とするらしく、「先生、少しお歩きになりませんか。その辺までお送りしましょう。」と言う。

わたくしは翁の不遇なる生涯を思返して、それは恰も、待っていた赤電車を眼前に逸しながら、狼狽《ろうばい》の色を示さなかった態度によく似ていたような心持がした。翁は郷里の師範学校を出て、中年にして東京に来り、海軍省文書課、慶應義塾図書館、書肆《しょし》一誠堂編輯部《へんしゅうぶ》其他に勤務したが、永く其職に居ず、晩年は専《もっぱ》ら鉛槧《えんざん》に従事したが、これさえ多くは失敗に終った。けれども翁は深く悲しむ様子もなく、閑散の生涯を利用して、震災後市井《しせい》の風俗を観察して自ら娯《たの》しみとしていた。翁と交るものは其悠々たる様子を見て、郷里には資産があるものと思っていたが、昭和十年の春俄に世を去った時、其家には古書と甲冑《かっちゅう》と盆栽との外、一銭の蓄《たくわえ》もなかった事を知った。

神代帚葉は校正の神様と称されていた。私家版『濹東綺譚』の校正者だった広瀬千香は〈なぜ校正の神様なのか？　頼まれないのに、大作家の著書をつぶさに点検し、誤字や誤植を見つけては、その作家に送りつけた。大作家を始め多くの作家を知己に持ってゐたのはこの為めであった。作家たちは、神代の力量を認めて、次の著作には彼の校正を求め、自然と校正に関する権威という風に扱はれ出し、何時か神様の尊称を呈上された〉（『私の荷風記』）と書いている。

帚葉翁の葬儀には齋藤茂吉、川端康成、菊池寛、山本有三、佐藤春夫など錚々たる人物が会葬し、香典は二千円近くになったという。荷風も翁の訃報をきくと、銀座の喫茶店キューペルで一人五十銭ずつの香典を集め、知友の一人が代表して弔問したという。


わたくしは東京の人が夜半過ぎまで飲み歩くようになった其状況を眺める時、この新しい風習がいつ頃から起ったかを考えなければならない。

吉原遊廓《ゆうかく》の近くを除いて、震災前《ぜん》東京の町中《まちじゅう》で夜半過ぎて灯を消さない飲食店は、蕎麦《そば》屋より外はなかった。

帚葉翁はわたくしの質問に答えて、現代人が深夜飲食の楽しみを覚えたのは、省線電車が運転時間を暁一時過ぎまで延長したことと、市内一円の札を掲げた辻自動車が五十銭から三十銭まで値下げをした事とに基くのだと言って、いつものように眼鏡を取って、その細い眼を瞬《しばた》きながら、「この有様を見たら、一部の道徳家は大に慨嘆するでしょうな。わたくしは酒を飲まないし、腥臭《なまぐさ》いものが嫌いですから、どうでも構いませんが、もし現代の風俗を矯正《きょうせい》しようと思うなら、交通を不便にして明治時代のようにすればいいのだと思います。そうでなければ夜半過ぎてから円タクの賃銭をグット高くすればいいでしょう。

ところが夜おそくなればなるほど、円タクは昼間の半分よりも安くなるのですからね。」

「然し今の世の中のことは、これまでの道徳や何かで律するわけに行かない。何もかも精力発展の一現象だと思えば、暗殺も姦淫《かんいん》も、何があろうとさほど眉を顰《しか》めるにも及ばないでしょう。精力の発展と云ったのは慾望を追求する熱情と云う意味なんです。スポーツの流行、ダンスの流行、旅行登山の流行、競馬其他博奕《ほかばくえき》の流行、みんな慾望の発展する現象だ。この現象には現代固有の特徴があります。それは個人めいめいに、他人よりも自分の方が優れているという事を人にも思わせ、また自分でもそう信じたいと思っている――その心持です。優越を感じたいと思っている慾望です。明治時代に成長したわたくしにはこの心持がない。あったところで非常にすくないのです。これが大正時代に成長した現代人と、われわれとの違うところですよ。」


荷風がよく通った銀座の飲食店を巡ってみよう。地下鉄有楽町線の銀座一丁目駅で降り、中央通りを新橋方向に向かうと、左手にティファニーのビルが聳えている。この辺りに洋食屋「オリンピック」があった。ここで食事をしてから万茶亭や隣のラインゴルドに行くのが昭和七年ごろのお気に入りのコースだった。

松屋通りを横切ると書店教文館がある。ここの地下一階と地上一階には富士アイスがあった。

『断腸亭日乗』では不二氷菓店、フジアイス、不二地下室などと書かれている。四丁目の交差点を渡って日産ビルのショールームがあるところはライオンの発祥地、向かい側のワシントン靴店辺りにタイガーがあった。荷風が女給といろいろ問題を起こした店である。

ニューメルサの角を曲がってみゆき通りに入ると、並木通りを越えた左側が凮月堂で、右側のみゆき通り沿いには万茶亭、やラインゴオルドがあった。建て替えられた交詢社ビルの新橋より反対側にはパウリスタ。資生堂パーラーの裏にある金春通り、金春湯辺りには、これまた荷風がよく通った喫茶店キュウペルがあった。
日本食の銀座食堂、食堂と喫茶店を併設するモナミ、そして新橋には金兵衛。

さて、帚葉翁の追憶を胸に、荷風は偏奇館で目を覚ます。

窓の外に聞える人の話声と箒《ほうき》の音とに、わたくしはいつもより朝早く眼をさました。臥《ね》床《どこ》の中から手を伸して枕もとに近い窓の幕を片よせると、朝日の光が軒を蔽《おお》う椎《しい》の茂みにさしこみ、垣根際に立っている柿の木の、取残された柿の実を一層《ひとしお》色濃く照している。箒の音と人の声とは隣の女中とわたくしの家の女中とが垣根越しに話をしながら、それぞれ庭の落葉を掃いているのであった。乾いた木《こ》の葉の蔌々《そうそう》としてひびきを立てる音が、いつもより耳元ちかく聞えたのは、両方の庭を埋《うず》めた落葉が、両方ともに一度に掃き寄せられ

るためであった。

わたくしは毎年冬の寝覚《ねざめ》に、落葉を掃く同じようなこの響をきくと、やはり毎年同じように、「老愁ハ葉ノ如ク掃《ハラ》ヘドモ尽キズ蔌蔌《ソウソウ》タル声中又秋ヲ送ル。」と言った館柳湾《たちりゅうわん》の句を心頭に思浮べる。その日の朝も、わたくしは此句を黙誦《もくしょう》しながら、寝間着のまま起《た》って窓に倚《よ》ると、崖の榎《えのき》の黄ばんだ其葉も大方散ってしまった梢《こずえ》から、鋭い百舌《もず》の声がきこえ、庭の隅に咲いた石蕗花《つわぶき》の黄《きいろ》い花に赤蜻蛉《とんぼ》がとまっていた。赤蜻蛉は数知れず透明な其翼をきらきらさせながら青々と澄渡った空にも高く飛んでいる。

曇りがちであった十一月の天気も二三日前の雨と風とにすっかり定《さだま》って、いよいよ「一年ノ好景君記取セヨ」と東坡《とうば》の言ったような小春の好時節になったのである。今まで、どうかすると、一筋二筋と糸のように残って聞えた虫の音も全く絶えてしまった。耳にひびく物音は悉《ことごと》く昨日《きのう》のものとは変って、今年の秋は名残りもなく過ぎ去ってしまったのだと思うと、寝苦しかった残暑の夜の夢も涼しい月の夜に眺めた景色も、何やら遠いむかしの事であったような気がして来る……年々見るところの景物に変りはない。年々変らない景物に対して、心に思うところの感懐も亦変りはないのである。花の散るが如く、葉の落《おつ》るが如く、わたくしには親しかった彼《か》の人々は一人一人相ついで逝《い》ってしまった。わたくしも亦彼の人々と同じように、その後を追うべき時の既に甚しくおそくない事を知っている。

晴れわたった今日の天気に、わたくしはかの人々の墓を掃《はら》いに行こう。落葉はわたくしの庭と同じように、かの人々の墓をも埋めつくしているのであろう。

以前、禅寺で一週間ほどお世話になったことがある。落葉は次から次に落ちてくる。掃いた後から次の落葉が落ちてくる。途中から無駄なような気がしてきて尋ねたところ、僧侶はこの無駄こそが大切だと言われた。ただひたすらに箒を動かしなさい。そのときはまったく意味がわからなかったが、無意味にこそ本質がある。箒を持つことで、庭の隅に咲く小さな花に気づくかもしれない。

「老愁ハ葉ノ如ク掃ヘドモ尽キズ」……お雪のことも、あるいはこれまで馴染んだ女たちのことも、亡友も。

最後に、木村荘八について少し触れておこう。荷風は『濹東綺譚』での木村荘八の画業を高く評価していた。昭和二十三年の五月半ば、邦枝完二が荷風の伝記を書こうとして、二十年ぶりに市川の小西茂也宅に寄遇していた荷風を訪ねたときのことを、秋庭太郎が『荷風外伝』に記している。

〈恰も時刻が荷風の浅草出遊時であつたから邦枝は待たせてあつた自動車に荷風を乗せ共に

浅草に出向いたが、荷風日記にはその記載がない。荷風と邦枝を乗せた自動車が玉の井を通過した際、荷風は「濹東綺譚」執筆当時を回想して、「木村荘八君の挿絵が立派な文献になりますよ。何しろ、あの通り焼けてしまったんだから。」と邦枝に述懐したといふ。〉

木村荘八の遺著『東京繁昌記』（演劇出版社）には、「濹東雑話『濹東奇譚』挿絵余談」が収録されており、朝日新聞連載時の気概が述べられている。

〈先方の邪魔にならない、午後の一時から四時まで、このショーバイの家の構造を入口から、内所、二階、戸棚から便所の中まで、帖面にぎっしりと一冊写生したのが、最初の仕事でした。〉

〈玉の井の地図を買って、（略）小説全篇に渉って判明する固有名詞の個所を、残らず歩いて（同時に写生して）見た上で、地図にそれぞれ書き込み、それから、その地図を机辺の座右に拡げながら改めてテキストを幾度も読んで（略）眼に浮かぶさまを一つ一つ挿絵に描きました。〉

その心意気があって、〈僕の絵は、名作濹東奇譚成れる頃の江東をしのぶ画材としては、「大切な」ドキュマンとなったことは、せがれがお役に立ったわやい、のようである。コケは脱し難しとするも、一念の仕事は、しておけば何かしらイミは有るものと見えた。〉

挿絵に止まらず、木村荘八はお雪をモデルにした「荷風賛」三幅を描いたという。

終わりに

戦後生まれの私にとって、色街はずいぶんと遠い世界です。『濹東綺譚』の舞台、玉の井は戦災で辺り一面焼失し、近くに場所を移して復興したとはいえ、昭和三十一年五月に施行された売春防止法によって遊里としての役目をおろし、人々にとっては遠い幻の街になってしまいました。「飲む、打つ、買う、は男の甲斐性」という言葉は現在ではほとんど死語ですが、子どものころよく耳にしたものです。これまで威勢よく敷居を跨いだことが一度もなく、またそういった機会もありませんでした。

『濹東綺譚』の世界からは無縁の生活を送ってきましたので、その類の知識はほとんどありません。ただ大学時代、友人が大阪の遊郭跡をそのまま貸室にしているところに住んでいたこともあり、何回か訪ねたことがありました。ケヤキの廊下、ベンガラ壁、青や赤や黄の色ガラスを入れた窓など、艶めかしい遊街の異空間を体験をしたのを覚えています。先輩に勧められて『濹東綺譚』を初めて読んだのもこのころだったと思います。

イラストレーターという職業がら、いろいろな世界を絵にすることで生活してきており、これまで永井荷風をテーマにした仕事も何度かあります。そんなこともあって、いつか木村荘八の向こうを張って、『濹東綺譚』の挿絵を描いてみたいと思っていました。本文でも書きましたが、目張りされたお雪と思われるモデルの写真を見て、大きな目を入れてみたいとも思っていました。文庫本片手に隅田川沿いを歩き、路地を探し、図書館に行って資料を見たり読んだりして、なんとか空想ではありますが、「わたくし」やお雪の姿を具現化できる想いが未熟なりにできた気がしました。荷風の代表作、最初から負けは承知で、文章を書いたり絵を描いたりしてはじめたものです。

厄介な編集作業をしてくださった旧知の元白水社の和氣元さん、イラストレーションやデザインをサポートしてくださった藤井紗和さん、良質な装幀をしてくださった白村玲子さん、HBのスタッフのみなさんに、この場を借りて深く御礼申し上げます。

唐仁原教久

二〇一七年九月

GOLDEN BAT
CIGARETTES
SWEET&MILD

主要参考文献

『永井荷風全集』（全二十九巻　岩波書店　一九七一〜七三年）
秋庭太郎『考證永井荷風』（岩波書店　一九六六年）
秋庭太郎『永井荷風傳』（春陽堂書店　一九七六年）
秋庭太郎『荷風外傳』（春陽堂書店　一九七九年）
秋庭太郎『新考永井荷風』（春陽堂書店　一九八三年）
川本三郎『荷風と東京「断腸亭日乗」私註』（都市出版　一九九六年）
川本三郎『荷風好日』（岩波書店　二〇〇二年）
永井永光『父　荷風』（白水社　二〇〇五年）
永井永光『荷風と私の銀座百年』（白水社　二〇〇八年）
前田豊『玉の井という街があった』（立風書房　一九八六年）
日比恆明『玉の井　色街の社会と暮らし』（自由国民社　二〇一〇年）
松本哉『永井荷風の東京空間』（河出書房新社　一九九二年）
松本哉『永井荷風ひとり暮し』（三省堂　一九九四年）
磯田光一『永井荷風』（講談社　一九七九年）
「文藝」臨時増刊号「永井荷風讀本」（河出書房　一九五六年）

著者略歴

一九五〇年鹿児島生まれ。
一九八四年デザイン事務所「HBスタジオ」、一九八五年「HBギャラリー」開廊。
イラストレーター、またADとして、広告・装丁・雑誌などを中心に多くの作品を手掛ける。

主要著書
『雨ニモマケズ』（朝日出版社）
『雨のち晴れて、山日和』（山と溪谷社）等

主要共著（挿画）
『雪とパイナップル』（鎌田實　集英社）、『永六輔のお話し供養』（永六輔　小学館）、『少年時代』（高倉健　集英社）、『昭和食道楽』（矢野誠一　白水社）等

『濹東綺譚』を歩く

二〇一七年一〇月一五日　印刷
二〇一七年一一月　五日　発行

著者　唐《とう》仁《じん》原《ばら》教《のり》久《ひさ》
発行者　及川直志
印刷所　株式会社三秀舎
発行所　株式会社白水社

東京都千代田区神田小川町三の二四
電話　営業部〇三(三二九一)七八一一
編集部〇三(三二九一)七八二一
振替　〇〇一九〇―五―三三二二八
郵便番号一〇一―〇〇五二
http://www.hakusuisha.co.jp

乱丁・落丁本は、送料小社負担にてお取り替えいたします。

株式会社松岳社

ISBN978-4-560-09580-5
Printed in Japan